韓文詞彙FUN類學習好輕鬆

資深韓語老師
慳姑 ViVi 著

慳姑的話

大家好，我是慳姑ViVi。之前出版的旅遊韓語學習書《一齊「遊‧韓」語出發》深受讀者喜歡，也收到很多讀者留言詢問什麼時候出版新書，給予慳姑很大的支持和鼓勵；讓大家久等，終於，慳姑要出版新書了。

這次不教旅遊韓語，而是分享慳姑學習韓語的心得。在多年的韓語教學經驗中，經常有學生會說：「老師，我成日都唔記得啲生字，究竟要點背呀？」、「老師，可唔可以唔抄生字？」、「老師，我唔得閒做功課呀」、「老師，我冇溫書呀」等等。

首先，必須要提醒大家，學習任何東西都需要用心，要經營才會成長。尤其學習語言，能夠說得多流暢或能夠聽得懂多少，都要靠自己的努力，記得愈多詞彙，自然聽懂更多，說得更多。可是詞彙不是學了一次就能夠牢牢記住，除非是一個語言天分高的人，否則每個人都要花時間去背誦詞彙，這也是為什麼無論上中文課，還是英文課，老師都會要求學生背誦詞彙，透過默書讓學生可以更有效率地把詞彙背誦下來。

這的確是一個有效的方法，可是在現代社會中，難免會因為種種因素，讓人無法集中做這件事情——畢竟這不是有趣的事情。是的，學習語言沒有動力的話，會變得乏味無趣。動力也要靠個人的熱情來推動，稍微堅持不下，就很容易放棄，尤其是學習外語，不在當地語言環境下學習更會學得較慢，因為接觸的機會不多，就很容易怠惰。要保持那股熱情，一定要想辦法讓學習變得更有趣。

慳姑從小喜歡學習外語，也是過來人，明白大家學習韓語時所遇到問題。在多年的韓語教學經驗中，學生都有一個共通點，就是對發音有點畏懼，沒花時間學好發音，成了背誦詞彙的一大障礙。慳姑曾經學習德語、西班牙語、法語等，歸納出心得來：正確發音可以增強背誦詞彙的記憶力。發音學得好，就能把聽到的詞彙立刻寫出來，就算不知道是什麼意思，若把這種能力反過來使用，當學習新詞彙時先學會發音，讀準確後就背下它的意思。因為有了聽寫能力，就能省下抄寫詞彙的背誦方法了。

可是，很多學生都沒有把發音學好，也不想花太多時間和金錢學習發音，這絕對是錯的想法，12 堂課只是剛好足夠一般人去學習正確發音的方法，下課後仍然要另外花時間去練習。再說一遍，開始總是困難的，但發音基礎打得好，對日後的韓語學習便會事半功倍，滿足感提升，動力才會持久。

除了發音，學生的另一個問題就是「沒有時間背單字」或「沒有時間溫習」。這真的是現代人的通病啊！只能說，這個「病」只有當事人自己可以醫治，作為老師的，不能替學生去背誦詞彙的。慳姑也覺得背誦詞彙很無趣，所以會想辦法讓學習變得有趣一點。

這就是這本書的寫作目的，分享慳姑的學習背誦詞彙心得和速成方法，把累積起來的詞彙作出「FUN 析」和「FUN 類」。這些方法沒有對或錯，也未必人人合適，純粹給大家從中得到一些靈感和參考，為自己量身設計一套自學速成法。

由於詞彙實在太多，不能一一列舉，慳姑就在多年教學經驗中，揀選一些學生最常犯錯的詞彙列舉出來，其他就讓大家自己發掘出來吧！經常混淆用錯的詞彙會以漫畫形式呈現：為正在學習韓語的外藉女生與韓藉男朋友的生活對話，由於外藉女生的韓語不太好，經常會混淆一些詞彙，說錯了，引起笑話。這次慳姑花了很多精力，努力呈現最有趣的故事，也花了很多時間造句，把兩個互不相關的詞彙寫在同一句句子裏，這是一件很難的事情，但也是慳姑的自學方法之一，中、高級程度的韓語學生也可以參考。

本書適合初級至中級的韓語學生。本書與《一齊「遊‧韓」語出發》一樣，設有「粵‧英諧音」，但由於諧音限制多，並不完全正確，僅可以當作參考之用。今次特別加上「韓文標音」一行，配上「羅馬拼音」，兩者都是以連音及變音後的發音來標示，讓學習韓語的學生更能掌握發音變化。

本書能順利完成，要謝謝出版社給予機會和體諒，讓慳姑能夠隨意發揮；也謝謝幫助慳姑一起做校對、錄音的韓國朋友們，以及編輯的耐心幫助和鼓勵。希望大家會喜歡這本書，也希望這本書能鼓勵大家找出適合自己的學習方法。

慳姑 ViVi

目錄

第4課 附錄

本書使用說明

本書活用有趣的圖片或故事來呈現韓語詞彙「FUN」辦法——將2至3個書寫或發音相似的詞彙列為一組，解說其不同之處（如類別、詞性、意思、發音），並活用詞彙作例句，讓讀者不再混淆，加強背誦記憶力。除了粵．英諧音，今次特別加上「韓文標音」一行，配上「羅馬拼音」，兩者都是以連音及變音後的發音來標示，讓學習韓語的學生更能掌握發音變化。

QR Code

錄音一律讀兩遍，第一遍為慢版，第二遍為正常閱讀的方式。錄音的連音部分會因應停頓的位置而與韓文標音有少許出入，是正常的。

人物設定

韓國Oppa（哥哥），包容力高，會幽默地糾正女朋友的錯誤用語。
外國人，韓文不太好，經常發音錯誤造成笑話。

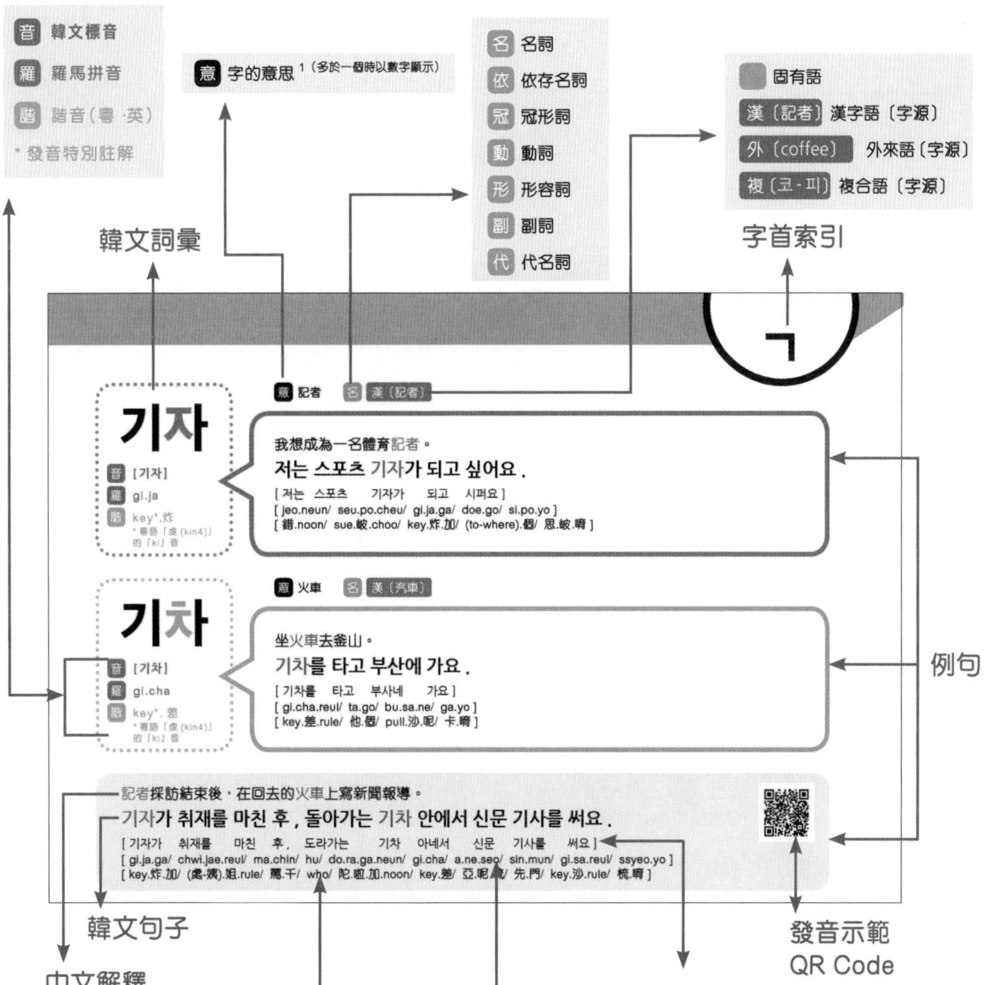

諧音（粵·英）

由於粵語（廣東話）不能全都用來作諧音，有些韓文發音要靠英文作為輔助，而且所有諧音並不完全與標準韓文發音一樣，只作參考之用，標準發音以韓國人真人發聲版本為準。括號內的字是指兩個字快讀成一個音，像「(who-哇)」快讀成普通話的「花 (hua)」的音。每個字與字之間會以「.」分隔，空隔則用「/」標示。

韓文標音

以韓文標記發音，讓初學者對發音有更進一步的了解，正確的標記方式本是不隔空格的，為了讓讀者更容易掌握而特別地隔開標記。發音皆以已作連音及變音的方式標示。

羅馬拼音

羅馬拼音並不是英文，對應韓文拼音標記的羅馬拼寫。發音皆以已作連音及變音的方式標示。

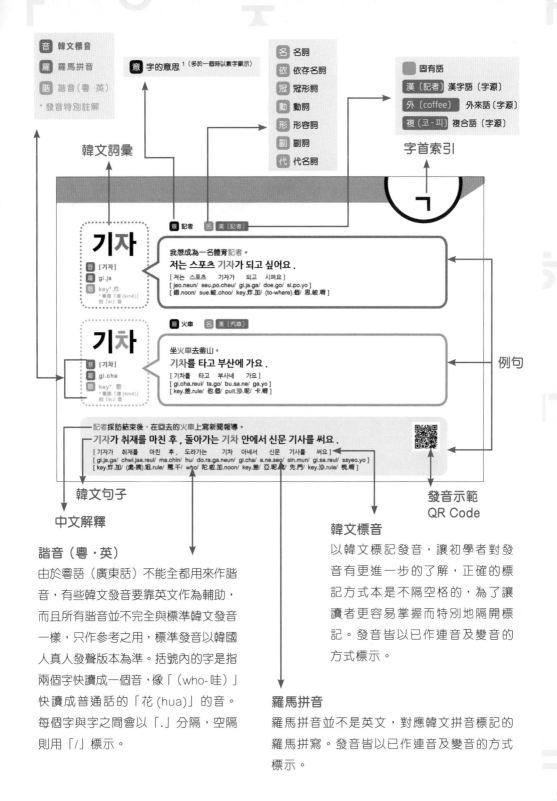

韓文簡介

第1課

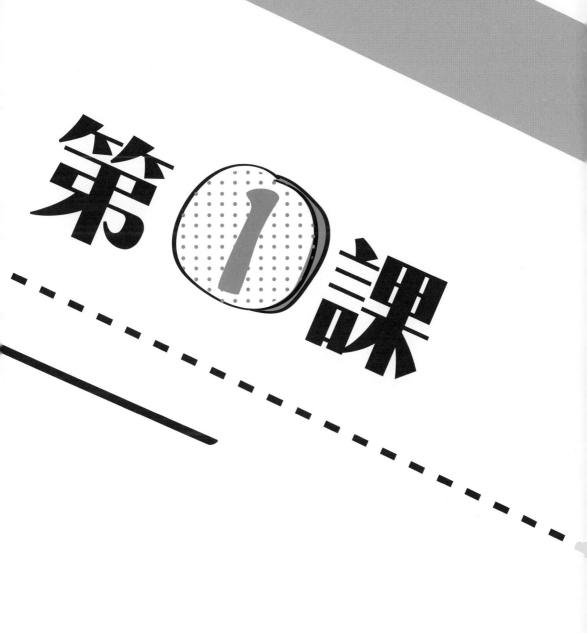

1.1 韓文 40 音

韓國自古以漢字為文，但懂漢字的人卻不多，都是一些有能力學習的知識分子或者貴族。直到 1443 年，世宗大王召集了一群學者，創造了韓國自己的一套書寫文字。韓文總共有 40 個字母，其中 21 個是母音，19 個是子音，是一個具有系統性的表音文字。讓我們來看看韓文 40 音吧！

基本母音（10 個）

字母	ㅏ	ㅓ	ㅗ	ㅜ	ㅡ	ㅣ	ㅑ	ㅕ	ㅛ	ㅠ
音標	아	어	오	우	으	이	야	여	요	유
羅馬拼音	a	eo	o	u	eu	i	ya	yeo	yo	yu
英文相似音	c**a**r	c**all**	b**o**ne	p**u**ll	tak**e**n	b**ee**	**ya**rd	**yaw**n	**yo**ur	**you**
諧音	亞	餓	哦	嗚	er	易	也	yaw	唷	you

複合母音（11 個）

字母	ㅐ	ㅒ	ㅔ	ㅖ	ㅙ	ㅞ	ㅚ	ㅘ	ㅝ	ㅟ	ㅢ
音標	애	얘	에	예	왜	웨	외	와	워	위	의
羅馬拼音	ae	yae	e	ye	wae	we	oe	wa	wo	wi	ui
英文相似音	p**a**n	**ye**ah	p**e**n	**ye**t	**wa**g	**we**b	**we**ight	**wi**ne	**wall**	**wi**n	g**ooey**
諧音	誒	夜	誒	夜	where	where	where	話	喎	we	（er-姨）

基本子音（14 個）

Initial Consonant
初聲

ㄱ 기역
gi-yeok

Final Consonant
終聲
(收音)

字母：ㄱ

音標：기역 [gi-yeok]

羅馬拼音：g/k

字母	ㄱ	ㄴ	ㄷ	ㄹ	ㅁ	ㅂ	ㅅ
音標	기역 [gi.yeok]	니은 [nieun]	디귿 [di.geut]	리을 [ri.eul]	미음 [mi.eum]	비읍 [bi.eup]	시옷 [si.ot]
羅馬拼音	g/k	n/n	d/t	r/l	m/m	b/p	s/t
英文相似音	**g**immick **k**ick	**n**oon	**d**ot **t**oast	**r**oll	**m**um	**b**eep **p**op	**s**eat **sh**eet

字母	ㅇ	ㅈ	ㅎ	ㅋ	ㅌ	ㅍ	ㅊ
音標	이응 [i.eung]	지읒 [ji.eut]	히읗 [hi.eut]	키읔 [ki.euk]	티읕 [ti.eut]	피읖 [pi.eup]	치읓 [chi.eut]
羅馬拼音	無聲/ng	j/t	h/t	k/k	t/t	p/p	ch/t
英文相似音	sing	**j**et **ch**at	**h**at	**k**ick	**t**int	**p**op	**ch**eat

複合子音（5 個）

字母	ㄲ	ㄸ	ㅃ	ㅆ	ㅉ
音標	쌍기역 [ssang.gi.yeok]	쌍디귿 [ssang.di.geut]	쌍비읍 [ssang.bi.eup]	쌍시옷 [ssang.si.ot]	쌍지읒 [ssang.ji.eut]
羅馬拼音	kk	tt	pp	ss	jj
英文相似音	**g**immick	**d**arling	**b**aby	**s**orry	**j**ust

收尾音（27 個：7 種）

雖然收尾音有 27 個之多，但只有 7 種代表音。

收尾音字型	ㄱ ㅋ ㄲ ㄺ ㄳ	ㄴ ㄵ ㄶ	ㄷ ㅌ ㅅ ㅆ ㅈ ㅊ ㅎ	ㄹ ㄼ ㄽ ㄾ ㅀ	ㅁ ㄻ	ㅂ ㅍ ㅄ ㄿ	ㅇ
羅馬拼音	k	n	t	l	m	p	ng
英文相似音	ba**g**	noo**n**	po**d**	rol**l**	mu**m**	pu**b**	si**ng**

1.2 韓文結構和拼音方法

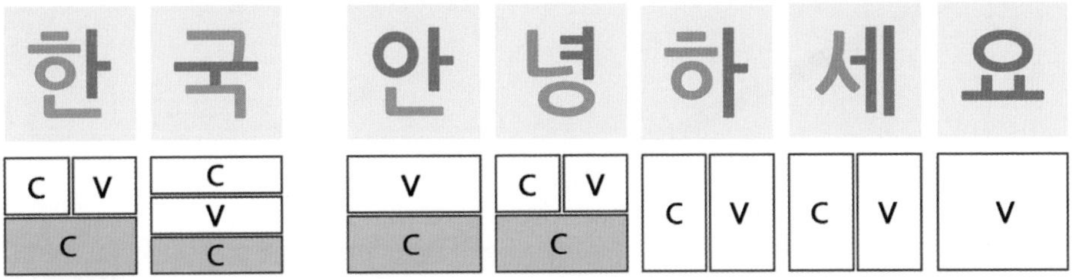

* = 받침 [bat-chim]（終聲），V＝母聲（Vowel），C＝子音（Consonant）

4 種結構

1.	母音	例：아	[a]	요 [yo]
2.	母音＋子音	例：안	[an]	옷 [ot]
3.	子音＋母音	例：하	[ha]	수 [su]
4.	子音＋母音＋子音	例：한	[han]	국 [guk]

拼音方法

안	=	ㅇ + ㅏ + ㄴ	=	無聲 + a + n	→	[an]
녕	=	ㄴ + ㅕ + ㅇ	=	n + yeo + ng	→	[nyeong]
하	=	ㅎ + ㅏ	=	h + a	→	[ha]
세	=	ㅅ + ㅔ	=	s + e	→	[se]
요	=	ㅇ + ㅛ	=	無聲 + yo	→	[yo]

韓文的結構很簡單，就是由母音和子母組合而成，可以左右排列，上下排列，上中下排列，左右上下排列。組合出來的字稱為音節，而各個單詞都是由音節組成。

如上圖，「한」這個音節是由「ㅎ + ㅏ + ㄴ」3 個字母左右下組成，形成「han」音；「국」這個音節是由「ㄱ + ㅜ + ㄱ」3 個字母上中下排列組成，形成「guk」音；兩字合併為一個詞語「**한국** [han.guk]」，「韓國」的意思。

韓語詞彙類別

第2課

2.1 詞彙類別簡介

韓語的詞彙可根據其由來分為三種：固有語（**고유어**）、漢字語（**한자어**）及外來語（**외래어**）。根據韓國國立國語院的《標準國語大辭典（**표준국어대사전**）》1999 年所收錄的詞彙分析，固有語佔韓國語詞彙中的 25.9%，漢字語佔 58.5%，外來語則佔 4.7%，其他詞彙佔 10.9%。

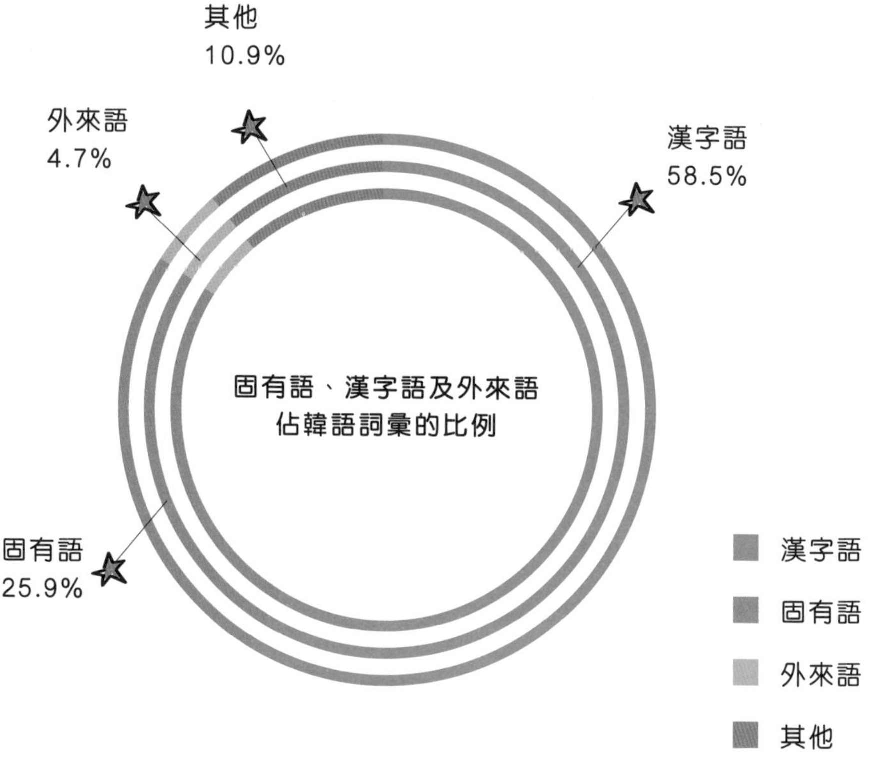

其他詞彙為複合語(**복합어**)，複合語也可以分為合成語(**합성어**)和派生語(**파생어**)兩種。可以有：(1) 固有語和固有語的組合、(2) 漢字語和漢字語的組合、(3) 外來語和外來語的組合；或者 (4) 固有語與漢字語的組合、(5) 固有語和外來語的組合、(6) 漢字語和外來語的組合。

複合語（복합어）・合成語（합성어）

一般是由兩個或以上各自可以單獨使用的單一語（**단일어**）組合而成。例如：

닭고기（雞肉）	김치찌개（泡菜鍋）	쓰레기통（垃圾桶）	아침밥（早餐）
솜사탕（棉花糖）	대한민국（大韓民國）	책가방（書包）	밤낮（日夜）

複合語（복합어）・派生語（파생어）

一般是由一個可以獨立使用的單一語和一個分開後就不能使用的接頭辭（**접두사**）或接尾辭（**접미사**）的組合。例如：

지우개（橡皮擦）	편균치（平均值）	미성년（未成年）	책갈피（書籤）
목걸이（頸鏈）	손가락（手指）	생크림（奶油）	사장님（老闆）

組合方式多元化

	單一語（단일어）		複合語（복합어）
固有語 + 固有語	눈（雪）	사람（人）	눈사람（雪人）
漢字語 + 漢字語	전자（電子）	사전（辭典）	전자사전（電子辭典）
外來語 + 外來語	커피（coffee）	숍（shop）	커피숍（咖啡店 /Coffee Shop）
固有語 + 漢字語	손（手）	수건（毛巾）	손수건（手巾）
漢字語 + 固有語	책（書）	값（價格）	책값（書價）
外來語 + 漢字語	사인（sign）	회（會）	사인회（簽名會）
漢字語 + 外來語	휴대（攜帶）	폰（phone）	휴대폰（手機）
固有語 + 外來語	종이（紙）	컵（cup）	종이컵（紙杯）
外來語 + 固有語	빵（麵包）	집（家 / 屋 / 店）	빵집（麵包店）

2.2 固有語詞彙列表

固有語（고유어）〔又稱固有詞〕

固有語顧明思義就是韓國固有的語言，也可以稱為「純韓語（**순우리말**）」，是韓國本來就有的語言，表現韓國文化和情感的詞語，是韓語的基礎。因此，日常生活中經常被使用，也是最難背的詞彙。

固有語詞彙列表：

韓文	中文意思	羅馬拼音	諧音（粵．英）
강아지	小狗	gang.a.ji	揹.亞.志
구름	雲	gu.reum	cool.room
김치	泡菜	gim.chi	箝.痴
나비	蝴蝶	na.bi	拿.be
노래	歌曲	no.rae	挪.哩
다리	腿 / 橋樑	da.ri	他.lee
무지개	彩虹	mu.ji.gae	moo.知.嘅
사랑	愛 / 愛情	sa.rang	沙.冷
아버지	父親	a.beo.ji	亞.波.志
어머니	母親	eo.meo.ni	哦.麼.knee
어제	昨天	eo.je	哦.姐
옷	衣服	ot	活
오빠	哥哥	o.ppa	哦.爸
장난감	玩具	jang.nan.gam	撐.難.禁
집	家 / 屋	jip	妾
하늘	天空 / 天	ha.neul	哈.nool
꽃	花	kkot	good
땅	地	ttang	燈
쓰레기	垃圾	seu.re.gi	sue.哩.gi
치마	裙子	chi.ma	痴.罵

2.3 漢字語詞彙列表

漢字語（한자어）〔又稱漢字詞〕

漢字語是以漢字為基礎，多用於表達概念或抽象的內容，比固有語更能明確及仔細地傳達詞義。三國時代時，隨著人名、地名都用漢字來標記而令漢字語增多；到高麗時代以後，連日常用語都使用漢字，現在更佔了韓語一半以上。嚴格來說，漢字語可以說是外來語的一種，但長久以來，在韓語詞彙中漢字語佔大部分，因此不將其列為外來語，而是另外分類為漢字語。

漢字語中，有些漢字字源跟中文解釋一樣，例如：

韓文	字源	中文意思	羅馬拼音	諧音（粵・英）
가수	歌手	歌手	ga.su	卡.sue
기자	記者	記者	gi.ja	key.炸
학교	學校	學校	hak.kkyo	黑.(gi-all)
한국	韓國	韓國	han.guk	慳.谷

也有一些漢字字源跟現今中文解釋的說法有少許出入，例如：

韓文	字源	中文意思	羅馬拼音	諧音（粵・英）
시계	時計	錶、鐘	si.gye	思.嘅
친구	親舊	朋友	chin.gu	千.固
농구	籠球	籃球	nong.gu	濃.固
야구	野球	棒球	ya.gu	也.固
대학원	大學院	研究院	dae.ha.gwon	tare.哈.(過-安)
책상	冊床	書桌	chaek.ssang	呎.生
공책	空冊	筆記簿	gong.chaek	窮.呎
침대	寢臺	床	chim.dae	簽.爹
영화	映畫	電影	yeong.hwa	yawn.哇
책	冊	書	chaek	呎

也有一些漢字字源是跟中文意思完全不同的，例如：

韓文	字源	中文意思	羅馬拼音	諧音（粵・英）
공부	工夫	學習、讀書	gong.bu	窮.bull
기분	氣分	心情、心境	gi.bun	key.半
신문	新聞	報紙	sin.mun	先.門
소심	小心	心胸狹窄	so.sim	梳.seem
언어	言語	語言	eo.neo	柯.挪
조심	操心	小心、當心	jo.sim	錯.seem
평화	平和	和平	pyeong.hwa	(pee-yawn).哇

也有一些是由韓國創造的漢字語，例如：

韓文	字源	中文意思	羅馬拼音	諧音（粵・英）
감기	感氣	感冒	gam.gi	琴.gi
고생	苦生	辛苦、受苦	go.saeng	call.sang
식구	食口	家庭人口	sik.kku	seek.姑
편지	便紙	書信	pyeon.ji	(pee-on).志

也有一些是來自日語漢字，例如：

韓文	字源	中文意思	羅馬拼音	諧音（粵・英）
기차	汽車	火車	gi.cha	key.差
무료	無料	免費	mu.ryo	moo.(lee-all)
산책	散策	散步	san.chaek	山.尺
소개	紹介	介紹	so.gae	梳.嘅
재고	在庫	存貨	jae.go	斜.個
주문	注文	點餐、訂購	ju.mun	choo.moon
할인	割引	折扣、減價	ha.rin	哈.連

漢字語的韓語發音，很多都跟粵語相似，對香港人來說，在背漢字語詞彙上有很大的優勢。幾乎每個漢字都可以對應譯成韓語字，而且相似音（聲母韻母相同）的漢字大部分都會譯成同一個韓語字。例如：

韓文	對應漢字
공	公、共、供、工、功、恭、攻
例子	公平（**공평**）、公共（**공공**）、供給（**공급**）、功績（**공적**）、工廠（**공장**）、恭遜（**공손**）、攻擊（**공격**）
원	園、院、元、員、遠、原、圓、怨、源、願
例子	公園（**공원**）、銀行員（**은행원**）、圓形（**원형**）、資源（**자원**）、所願（**소원**）、原本（**원본**）、大學院（**대학원**）

2.4 外來語詞彙列表

外來語（외래어）〔又稱外來詞〕

外來語是指借其他國家的語言來當韓語活用，如韓語般使用的語言。隨著近年各個國家的交流活躍，外來語也因而日益增多，目前佔韓語詞彙的比例相對多了。大多數的外來語都是來自英文，其他語言如日語、法語、德語、意大利語等則佔少數。

外來語・英文

韓文	字源	中文意思	羅馬拼音	諧音（粵・英）
라디오	Radio	收音機	ra.di.o	啦.哟.哦
바나나	Banana	香蕉	ba.na.na	怕.娜.娜
버스	Bus	巴士、公車	beo.seu	波.sue
스커트	Skirt	裙	seu.keo.teu	sue.call.too
아이스크림	Ice-cream	雪糕	a.i.seu.cream	亞.姨.sue.箍.rim
인터넷	Internet	網絡	in.teo.net	燕.拖.net
커피	Coffee	咖啡	keo.pi	call.pee
컴퓨터	Computer	電腦	keom.pyu.teo	com.(pee-you).拖
택시	Taxi	的士、計程車	taek.ssi	tag.思
텔레비전	Television	電視	tel.le.bi.jeon	tell.哩.be.john

外來語・其他語言

韓文	字源	語種	中文意思	羅馬拼音	諧音（粵・英）
가방	かばん kaban [鞄]	日語	手袋、包包、背包	ga.bang	卡.崩
구두	くつ kutsu [靴]	日語	鞋	gu.du	cool.do
냄비	なべ nabe [鍋]	日語	鍋	naem.bi	name.be
라면	ラーメン râmen [拉麵]	日語	公仔麵	ra.myeon	啦.(me-on)
빵	パン pan [麭]	日語	麵包	ppang	崩
아르바이트	Arbeit	德語	兼職、打工	a.reu.ba.i.teu	亞.rule.爸.姨.too
우동	うどん udon [餛飩]	日語	烏冬	u.dong	嗚.洞
파스타	pasta	意大利語	義大利麵	pa.seu.ta	趴.sue.他
피자	pizza	意大利語	披薩	pi.ja	pee.炸

同一個意思，同時擁有固有語、漢字語及外來語的詞彙：

中文意思	固有語	漢字語	外來語
愛情	사랑	애정	러브 [love]
紅色	빨강	다홍색	레드 [red]
身體	몸	신체	보디 [body]

FUN類學習法

第3課

在學習韓文過程中，從學發音開始就會令人頭痛，怎麼相似的音那麼多？到底差在哪裏？字的寫法也相似，導致背單字也會有困難。不過基礎打得好，才會進一大步。一定要學好發音，因為發音可以幫助背單字，先把音記好，才可以準確地寫出來。發音相似的詞彙實在太多，在此只列舉筆者在韓文教學經驗中，學生經常犯的錯誤，希望可以讓讀者得到借鑑。

3.1

發音相似．母音篇

韓文的母音，除了寫法相似，相似的發音也很多，所以很多詞彙只是母音的方向寫錯，字音和意思也會不同，例如：「ㅏ [a]」，短的一畫寫在左邊的話，就變成另一個母音「ㅓ [eo]」，方向錯了，音就不同了。母音中，「ㅓ [eo]」和「ㅗ [o]」的發音很相似，最容易混淆，另外「ㅗ [o]」和「ㅜ ([u]」也是很常搞混的一對。

ㄱ

가사

音 [가사]
羅 ga.sa
諧 卡.沙

意 歌詞[1]・家事[2]　名 漢〔歌詞〕[1]　名 漢〔家事〕[2]

我認為歌詞比旋律更重要。

멜로디 보다는 노래 가사가 더 중요하다고 생각해요 .

[멜로디 보다는 노래 가사가 더 중요하다고 생가캐요]
[mel.lo.di/ bo.da.neun/ no.rae/ ga.sa.ga/ deo/ jung.yo.ha.da.go/ saeng.ga.kae.yo]
[咩.囉.哋/ 破.打.noon/ 挪.哩/ 卡.沙.加/ 陀/ 從.唷.哈.打.個/ 腥.加.騎.唷]

가수

音 [가수]
羅 ga.su
諧 卡.sue

意 歌手　名 漢〔歌手〕

我喜歡的韓國歌手是 IU。

제가 좋아하는 한국 가수는 아이유예요 .

[제가 조아하는 한국 까수는 아이유예요]
[je.ga/ jo.a.ha.neun/ han.guk/ kka.su.neun/ a.i.u.ye.yo]
[斜.家/ 嘈.亞.哈.noon/ 慳.谷/ 加.sue.noon/ 亞.姨.you.夜.唷]

歌手唱歌的時候絕對不可以忘記歌詞。

가수는 노래를 부를 때 절대 가사를 잊으면 안 됩니다 .

[가수는 노래를 부를 때 절때 가사를 이즈면 안 됩니다]
[ga.su.neun/ no.rae.reul/ bu.reul/ ttae/ jeol.ttae/ ga.sa.reul/ i.jeu.myeon/ an/ doem.ni.da]
[卡.sue.noon/ 挪.哩.rule/ pull.rule/ 爹/ 菜.爹/ 卡.沙.rule/ 二.jew.(me-on)/ 晏/ (do-am).knee.打]

가사

音 [가사]
羅 ga.sa
諧 卡.沙

意 歌詞[1]・家事[2]　名 漢〔歌詞〕[1]　名 漢〔家事〕[2]

這首歌曲的歌詞很悲傷。

이 노래는 가사가 너무 슬퍼요 .

[이 노래는 가사가 너무 슬퍼요]
[i/ no.rae.neun/ ga.sa.ga/ neo.mu/ seul.peo.yo]
[二/ 挪.哩.noon/ 卡.沙.加/ 挪.moo/ sool.paul.唷]

기사

音 [기사]
羅 gi.sa
諧 key*.沙
*粵語「虔 (kin4)」的「ki」音

意 記事、消息、報道[1]・技師、技術工人[2]・棋士[3]・騎士、司機[4]
名 漢〔記事〕[1]　名 漢〔技士〕[2]　名 漢〔碁士 / 棋士〕[3]　名 漢〔騎士〕[4]

最近人們透過智能電話看新聞報道。

요즘 사람들은 스마트폰으로 신문 기사를 읽어요 .

[요즘 사람드른 스마트포느로 신문 기사를 릴거요]
[yo.jeum/ sa.ram.deu.reun/ seu.ma.teu.po.neu.ro/ sin.mun/ gi.sa.reul/ lil.geo.yo]
[唷.joom/ 沙.林.嘟.輪/ sue.媽.too.潘.noo.囉/ 先.門/ key.沙.rule/ ill.哥.唷]

有報道指韓國歌謠的歌詞輕易朗朗上口，所以外國人也容易跟著唱。

한국 가요의 가사는 입에 잘 붙어서 외국인도 잘 따라 부른다는 기사가 있어요 .

[한국 까요에 가사는 니베 잘 부터서 웨구긴도 잘 따라 부른다는 기사가 이써요]
[han.guk/ kka.yo.e/ ga.sa.neun/ ni.be/ jal/ bu.teo.seo/ we.gu.gin.do/ jal/ tta.ra/ bu.reun.da.neun/ gi.sa.ga/ i.sseo.yo]
[慳.谷/ 加.唷.誒/ 卡.沙.noon/ 二.啤/ (查 L)/ pull.拖.梳/ where.姑.見.多/ (查 L)/ 打.啦/ pull.輪.打.noon/ key.沙.加/ 二.梳.唷]

가족

音 [가족]

羅 ga.jok

諧 卡.俗

意 家族、家人、家庭、家屬　名 漢〔家族〕

我家一共四口人。

우리 가족은 모두 네 명이에요 .

[우리 가조근 모두 네 명이에요]

[u.ri/ ga.jo.geun/ mo.du/ ne/ myeong.i.e.yo]

[嗚.lee/ 卡.助.官/ 磨.do/ 呢/ (me-yawn).易.誒.唷]

가죽

音 [가죽]

羅 ga.juk

諧 卡.joke

意 皮、皮革　名 固有語

給媽媽買了皮革錢包。

어머니께 가죽 지갑을 사 드렸어요 .

[어머니께 가죽 찌가블 사 드려써요]

[eo.meo.ni.kke/ ga.juk/ jji.ga.beul/ sa/ deu.ryeo.sseo.yo]

[餓.麼.knee.嘅/ 卡.joke/ 知.加.bull/ 沙/ to.(lee-all).傻.唷]

我家不使用皮革貨品。

우리 가족은 가죽 상품을 안 써요 .

[우리 가조근 가죽 쌍푸므 란 써요]

[u.ri/ ga.jo.geun/ ga.juk/ ssang.pu.meu/ ran/ sseo.yo]

[嗚.lee/ 卡.助.官/ 卡.joke/ 生.pull.mool/ 晏/ 梳.唷]

간장

音 [간장][1,2] [간:장][3]

羅 gan.jang

諧 勤.爭

意 豉油、醬油[1]．肝腸（肝和腸、內心）[2]．肝臟[3]

名 複〔간-醬〕[1]　名 漢〔肝腸〕[2]　名 漢〔肝臟〕[3]

在煎雞蛋上撒豉油吃的話真的很好吃。

계란 프라이에 간장을 뿌려서 먹으면 정말 맛있어요 .

[게란 프라이에 간장을 뿌려서 머그면 정말 마시써요]

[gye.ran/ peu.ra.i.e/ gan.jang.eul/ ppu.ryeo.seo/ meo.geu.myeon/ jeong.mal/ ma.si.sseo.yo]

[騎.爛/ pull.啦.姨.誒/ 勤.爭.(嗚 L)/ bull.(lee-all).梳/ 磨.固.(me-on)/ 罵.思.梳.唷]

긴장

音 [긴장]

羅 gin.jang

諧 虔.爭

意 緊張　名 漢〔緊張〕

因為是第一次約會，所以很緊張。

첫 데이트라서 긴장이 돼요 .

[철 떼이트라서 긴장이 돼요]

[cheot/ tte.i.eu.teu.ra.seo/ gin.jang.i/ dwae.yo]

[chot/ 爹.姨.too.啦.梳/ 虔.爭.姨/ (to-where).唷]

對於不能做菜的人來說，要放多少醬油也是一件非常緊張的事情。

요리 못 하는 사람에게는 간장을 얼마나 넣어야 하는지도 긴장되는 일이에요 .

[요리 모 타는 사라메게는 간장으 럴마나 너어야 하는지도 긴장뒈는 니리에요]

[yo.ri/ mo/ ta.neun/ sa.ra.me.ge.neun/ gan.jang.eu/ reol.ma.na/ neo.eo.ya/ ha.neun.ji.do/ gin.jang.dwe.neun/ ni.ri.e.yo]

[唷.lee/ 磨/ 他.noon/ 沙.啦.咩.嘅.noon/ 勤.爭.(嗚 L)/ 愛.媽.那/ 挪.哦.也/ 哈.noon.之.多/ 虔.爭.(do-where).noon/ knee.lee.夜.唷]

거미

音 [거미]
羅 geo.mi
諧 call.me

意 蜘蛛 名 固有語

蜘蛛有八條腿。
거미는 다리가 여덟 개 있어요 .
[거미는 다리가 여덜 깨 이써요]
[geo.mi.neun/ da.ri.ga/ yeo.deol/ kkae/ i.sseo.yo]
[call.me.noon/ 他.lee.加/ 唷.doll/ 嘅/ 二.傻.唷]

개미

音 [개:미]
羅 geo.mi
諧 騎.me

意 螞蟻 名 固有語

姐姐的腰像螞蟻一樣纖細。
언니의 허리는 개미처럼 가늘어요 .
[언니에 허리는 개미처럼 가느러요]
[eon.ni.e/ heo.ri.neun/ gae.mi.cheo.reom/ ga.neu.reo.yo]
[安.knee.誒/ 呵.lee.noon/ 騎.me.初.rom/ 卡.noo.raw.唷]

螞蟻被蜘蛛網纏住了，所以不能動。
거미줄에 개미가 걸려서 못 움직여요 .
[거미주레 개미가 걸려서 모 둠지겨요]
[geo.mi.ju.re/ gae.mi.ga/ geol.lyeo.seo/ mo/ dum.ji.gyeo.yo]
[call.me.jew.哩/ 騎.me.加/ call.(lee-all).梳/ 磨/ dome.之.(gi-all).唷]

거울

音 [거울]
羅 geo.ul
諧 call.ul

意 鏡子 名 固有語

我不用鏡子也能化妝。
저는 거울 없이 화장할 수 있어요 .
[저는 거우 럽씨 화장할 쑤 이써요]
[jeo.neun/ geo.u/ reop.ssi/ hwa.jang.hal/ ssu/ i.sseo.yo]
[錯.noon/ call.嗚/ rob.思/ (who-哇).爭.(哈 L)/ sue/ 二.傻.唷]

겨울

音 [겨울]
羅 gyeo.ul
諧 (key-all).ul

意 冬天 名 固有語

蓋了白雪的冬天真美。
하얀 눈으로 덮인 겨울이 참 아름다워요 .
[하얀 누느로 더핀 겨우리 차 마름다워요]
[ha.yan/ nu.neu.ro/ deo.pin/ gyeo.u.ri/ cha/ ma.reum.da.wo.yo]
[哈.因/ noo.noo.raw/ 陀.篇/ (key-all).嗚.lee/ 參/ 亞.room.打.喎.唷]

去年冬天我買了一個像雪一樣白的鏡子。
지난겨울에는 눈처럼 새하얀 거울을 샀어요 .
[지난겨우레는 눈처럼 새하얀 거우를 사써요]
[ji.nan.gyeo.u.re.neun/ nun.cheo.reom/ sae.ha.yan/ geo.u.reul/ sa.sseo.yo]
[似.難.(key-all).嗚.哩.noon/ noon.初.rom/ 些.哈.因/ call.嗚.rule/ 沙.傻.唷]

굴

音 [굴][1]·[굴:][2]

羅 gul

諧 cool

意 蠔、牡蠣[1]‧洞穴[2]　名 固有語[1]　名 漢〔窟〕[2]

在韓國，有多種多樣的蠔料理。

한국에는 다양한 굴 요리가 있어요 .

[한구게는 다양한 굴 료리가 이써요]
[han.gu.ge.neun/ da.yang.han/ gul/ lyo.ri.ga/ i.sseo.yo]
[慳.姑.嘅.noon/ 他.young.慳/ (箍 L)/ (lee-all).lee.加/ 易.傻.唷]

귤

音 [귤]

羅 gyul

諧 key-ul

意 橘子　名 漢〔橘〕

橘子含有豐富的維他命，有助於預防感冒。

귤은 비타민이 풍부해서 감기 예방에 좋아요 .

[규른 비타미니 풍부해서 감기 예방에 조아요]
[gyu.reun/ bi.ta.mi.ni/ pung.bu.hae.seo/ gam.gi/ ye.bang.e/ jo.a.yo]
[(key-you).論/ pee.他.面.knee/ 蹦.bull.hea.梳/ 琴.gi/ 夜.崩.誒/ 錯.亞.唷]

在濟州島可以吃到新鮮的蠔和甜甜的橘子。

제주도에서는 싱싱한 굴과 달콤한 귤을 먹을 수 있습니다 .

[제주도에서는 싱싱한 굴과 달콤한 규를 머글 쑤 읻씀니다]
[je.ju.do.e.seo.neun/ sing.sing.han/ gul.gwa/ dal.kom.han/ gyu.reul/ meo.geul/ ssu/ it.sseum.ni.da]
[斜.jew.多.誒.梳.noon/ 星.星.慳/ cool.掛/ 提.箍.蚊/ (key-you).rule/ 麼.(固 L)/ sue/ it.zoom.knee.打]

껌

音 [껌]

羅 kkeom

諧 哥~om

意 口香糖、香口膠　名 外〔gum〕

怕會有口臭所以咀嚼口香糖。

입 냄새가 날까봐 껌을 씹어요 .

[임 냄새가 날까봐 꺼믈 씨버요]
[im/ naem.sae.ga/ nal.kka.bwa/ kkeo.meul/ ssi.beo.yo]
[嚴/ name.些.加/ (拿 L).加.(播-亞)/ 哥.mool/ 思.播.唷]

꿈

音 [꿈]

羅 kkum

諧 姑~um

意 夢、夢想、願望　名 固有語

夢中出現豬，意味著有生財的幸運。

꿈에 돼지가 나오는 건 돈이 생긴다는 행운의 의미가 있어요 .

[꾸메 돼지가 나오는 건 도니 생긴다는 행우네 의미가 이써요]
[kku.me/ dwae.ji.ga/ na.o.neun/ geon/ do.ni/ saeng.gin.da.neun/ haeng.u.ne/ ui.mi.ga/ i.sseo.yo]
[姑.咩/ (to-where).知.加/ 拿.哦.noon/ 幹/ 盾.knee/ 腥.堅.打.noon/ 輕.嗚.呢/ 會.me.加/ 易.傻.唷]

咀嚼口香糖的時候睡著了，並且夢見了咀嚼口香糖的夢。

껌을 씹다가 잠이 들어 껌을 씹는 꿈을 꾸게 되었어요 .

[꺼믈 씹따가 자미 드러 꺼믈 씸는 꾸믈 꾸게 뒈어써요]
[kkeo.meul/ ssip.tta.ga/ ja.mi/ deu.reo/ kkeo.meul/ kku.ge/ dwe.eo.sseo.yo]
[哥.mool/ ship.打.加/ 查.me/ to.raw/ 哥.mool/ 姑.嘅/ (to-where).柯.傻.唷]

ㅁ

第③課 FUN類學習法 / 發音相似．母音篇

마리

音 [마리]

羅 ma.ri

諧 麻.lee

意 隻、頭、匹（動物量詞） 依 固有語

「三隻小熊」是韓國具代表性的兒歌。

'곰 세 마리'는 한국의 대표적인 동요예요 .

[곰 세 마리는 한구게 대표저긴 동요예요]

[gom/ se/ ma.ri.neun/ han.gu.ge/ dae.pyo.jeo.gin/ dong.yo.ye.yo]

[gome/ 些/ 麻.lee.noon/ 慳.姑.嘅/ tare.(pee-all).助.見/ 同.唷.夜.唷]

머리

音 [머리]

羅 meo.ri

諧 磨.lee

意 頭、頭髮、頭腦 名 固有語

我喜歡頭腦好的男人。

저는 머리가 좋은 남자를 좋아해요 .

[저는 머리가 조은 남자를 조아해요]

[jeo.neun/ meo.ri.ga/ jo.eun/ nam.ja.reul/ jo.a.hae.yo]

[錯.noon/ 麼.lee.加/ 嘈.換/ 男.咋.rule/ 錯.亞.hea.唷]

我養了一隻頭上有黑點的貓。

저는 머리에 검은 점이 있는 고양이 한 마리를 키웠어요 .

[저는 머리에 거믄 저미 인는 고양이 한 마리를 키워써요]

[jeo.neun/ meo.ri.e/ geo.meun/ jeo.mi/ in.neun/ go.yang.i/ han/ ma.ri.reul/ ki.wo.sseo.yo]

[錯.noon/ 麼.lee.誒/ call.moon/ 助.me/ 燕.noon/ call.young.二/ 慳/ 麻.lee.rule/ key.喎.傻.唷]

모기

音 [모:기]

羅 mo.gi

諧 磨.gi

意 蚊子 名 固有語

夏天很容易被蚊子叮咬，所以很難受。

여름에는 모기에 잘 물려서 괴로워요 .

[여르메는 모기에 잘 물려서 궤로워요]

[yeo.reu.me.neun/ mo.gi.e/ jal/ mul.lyeo.seo/ gwe.ro.wo.yo]

[唷.room.咩.noon/ 磨.gi.誒/ (查 L)/ mool.(lee-all).梳/ (箍-where).raw.喎.唷]

무기

音 [무:기]

羅 mu.gi

諧 moo.gi

意 武器 名 漢〔武器〕

我的武器是出眾的美貌。

제 무기는 뛰어난 미모예요 .

[제 무기는 뛰어난 미모예요]

[je/ mu.gi.neun/ ttwi.eo.nan/ mi.mo.ye.yo]

[斜/ moo.gi.noon/ (do-we).柯.難/ me.麼.夜.唷]

對我來說，夏天最大的敵人是蚊子，驅蚊藥是我的武器。

저에게 여름의 가장 큰 적은 모기이고 모기약은 제 무기예요 .

[저에게 여르메 가장 큰 저근 모기이고 모기야근 제 무기예요]

[jeo.e.ge/ yeo.reu.me/ ga.jang/ keun/ jeo.geun/ mo.gi.i.go/ mo.gi.ya.geun/ je/ mu.gi.ye.yo]

[錯.誒.嘅/ 唷.room.咩 / 卡.爭/ koon/ 錯.官/ 磨.gi.二.固/ 磨.gi.也.官/ 斜/ moo.gi.夜.唷]

맛있다 · 멋있다

好吃 · 帥氣

와! 오빠 너무
"맛있어요".
嘩！哥哥好「好吃」。
뭐라고? 맛있다고?
"맛있어요"가 아니라
"멋있어요".
妳說什麼？說我好吃？
不是「好吃」是「帥氣」。

Fun 分 辨法

好食就要「密密（맛맛）食」

傻傻 FUN 不清楚？

「**맛있다**（好吃的）」與「**멋있다**（帥氣的）」是高頻率容易搞混的兩個詞語。兩個詞語的差別在於第一個字的母音是不同的，寫法和發音都很相似，因此常常會寫錯或說錯。

「**맛있다**（好吃的）」是由「**맛**（味道）」和「**있다**（有）」兩個詞語組合而成，字面意思就是「有味道」，也就是「好吃」的意思。第一個字「**맛**」是由「ㅁ + ㅏ + ㅅ」三個字母組成，母音是「ㅏ」。

ㅁ + ㅏ + ㅅ = 맛

「**멋있다**（帥氣的）」是由「**멋**（帥氣）」和「**있다**（有）」兩個詞語組合而成，字面意思就是「有帥氣」，也就是「帥氣」的意思。第一個字「**멋**」是由「ㅁ + ㅓ + ㅅ」三個字母組成，母音是「ㅓ」。

ㅁ + ㅓ + ㅅ = 멋

註：對人說「**맛있다**（好吃的）」有可能會被誤會成「性暗示」，所以一定要小心，不要說錯啊！

맛있다

音 [마싣따] [마딛따]
羅 ma.sit.tta ma.dit.tta
諧 罵.泄.打 罵.跌.打

意 好吃的　形 固有語

韓國飲食非常好吃。
한국 음식은 아주 맛있어요 .
[한구　금시그　나주　마시써요]
[han.gu/ geum.si.geu/ na.ju/ ma.si.sseo.yo]
[慳.姑/ goom.試.官/ 亞.jew/ 罵.思.傻.唷]

멋있다

音 [머싣따] [머딛따]
羅 meo.sit.tta meo.dit.tta
諧 麼.泄.打 麼.跌.打

意 帥氣的、有型的、酷的、很好的　形 固有語

哥哥雖然個子矮，但很帥氣。
오빠는 키가 작지만 멋있어요 .
[오빠는　키가　작찌만　머시써요]
[o.ppa.neun/ ki.ga/ jak.jji.man/ meo.si.sseo.yo]
[哦.爸.noon/ key.加/ 拆.之.蚊/ 磨.思.傻.唷]

我帥氣的哥哥經常買好吃的給我。
멋있는 우리 오빠는 나한테 맛있는 걸 자주 사 줘요 .
[머신느　누리　오빠는　나한테　마신는　걸　자주　사　줘요]
[meo.sin.neu/ nu.ri/ o.ppa.neun/ na.han.te/ ma.sin.neun/ geol/ ja.ju/ sa/ jwo.yo]
[磨.思.noon/ 胡.lee/ 哦.爸.noon/ 拿.慳.tare/ 罵.先.noon/ (個 L)/ 查.jew/ 沙/ 助.唷]

버스

音 [버스]
羅 beo.seu
諧 波.sue

意 巴士　名 外 (bus)

我搭乘巴士去公司。
저는 회사에 버스를 타고 가요 .
[저는 훼사에 버스를 타고 가요]
[jeo.neun/ hwe.sa.e/ beo.seu.reul/ ta.go/ ga.yo]
[錯.noon/ (who-where).沙.誒/ 波.sue.rule/ 他.固/ 卡.唷]

보스

音 [보스]
羅 bo.seu
諧 破.sue

意 老闆、領袖、首領、頭目　名 外 (boss)

我在這次演出中擔任了老闆的角色。
저는 이번 공연에서 보스 역할을 맡았어요 .
[저는 니번 공여네서 보스 여카를 마타써요]
[jeo.neun/ ni.beon/ gong.yeo.ne.seo/ bo.seu/ yeo.ka.reul/ ma.ta.sseo.o]
[錯.noon/ 易.born/ 窮.唷.呢.梳/ 破.sue/ 唷.卡.rule/ 罵.他.傻.唷]

我們公司老闆不乘坐巴士。
저희 회사 보스는 버스를 안 타십니다 .
[저히 훼사 보스는 버스르 린 타심니다]
[jeo.hi/ hwe.sa/ bo.seu.neun/ beo.seu.reu/ ran/ ta.sim.ni.da]
[錯.he/ (who-where).沙 / 破.sue.noon/ 波.sue.rule/ 晏/ 他.seem.knee.打]

빨리

音 [빨리]
羅 ppal.li
諧 (爸 L).lee

意 快、趕快、及早、迅速　副 固有語

沒時間了，趕快走吧。
시간이 없으니 빨리 가요 .
[시가니 업쓰니 빨리 가요]
[si.ga.ni/ op.sseu.ni/ ppal.li/ ga.yo]
[思.加.knee/ op.sue.knee/ (爸 L).lee/ 卡.唷]

빨래

音 [빨래]
羅 ppal.lae
諧 (爸 L).哩

意 洗衣服、要洗或已洗的衣服　名 固有語

一星期洗兩次衣服。
일주일에 두 번씩 빨래를 해요 .
[일쭈이레 두 번씩 빨래를 해요]
[il.jju.i.re/ du/ beon.ssik/ ppal.lae.reul/ hae.yo]
[ill.jew.易.哩/ to/ born.seek/ (爸 L).哩.rule/ hea.唷]

堆積了很多要洗的衣服，所以要儘快洗衣服了。
빨래감이 많이 쌓여 있어서 빨리 빨래해야 돼요 .
[빨래가미 마니 싸여 이써서 빨리 빨래해야 돼요]
[ppal.lae.ga.mi/ ma.ni/ ssa.yeo/ i.sseo.seo/ ppal.li/ ppal.lae.hae.ya/ dwae.yo]
[(爸 L).哩.加.me/ 罵.knee/ 沙.唷/ 易.傻.梳/ (爸 L).lee/ (爸 L).哩.hea.也/ (to-where).唷]

사전

音 [사전][1] [사:전][2]
羅 sa.jeon
諧 沙.john

意 辭典[1]・事前[2]　名 漢〔辭典〕[1]　名 漢〔事前〕[2]

請試試在辭典裏查看不知道的單詞。

모르는 단어는 사전에서 찾아 보세요 .

[모르는　다너는　사저네서　차자　보세요]
[mo.reu.neun/ da.neo.neun/ sa.jeo.ne.seo/ cha.ja/ bo.se.yo]
[無.rule.noon/ 他.挪.noon/ 沙.助.呢.梳/ 差.渣/ 破.些.喲]

사진

音 [사진]
羅 sa.jin
諧 沙.煎

意 照片、相片　名 漢〔寫〕

透過照片留下回憶。

사진으로 추억을 남겨요 .

[사지느로　추어글　남겨요]
[sa.ji.neu.ro/ chu.eo.geul/ nam.gyeo.yo]
[沙.知.noo.raw/ choo.哦.(固 L)/ 南.(gi-all).喲]

最近推出的電子辭典有拍攝照片功能。

요즘 나온 전자사전에는 사진을 찍는 기능이 있어요 .

[요즘　나온　전자사저네는　사지늘　찡는　기능이　이써요]
[yeo.jeum/ na.on/ jeon.ja.sa.je.ne.neun/ sa.ji.neul/ jjing.neun/ gi.neung.i/ i.sseo.yo]
[喲.joom/ 拿.換/ (錯-安).炸.沙.助.noon/ 沙.知.nool/ 精.noon/ key.濃.姨/ 二.傻.喲]

심장

音 [심장]
羅 sim.jang
諧 seem.爭

意 心臟、心　名 漢〔心臟〕

因為太緊張，心臟開始跳起來了。

너무 긴장돼서 심장이 뛰기 시작했어요 .

[너무　긴장돼서　심장이　뛰기　시자캐써요]
[neo.mu/ gin.jang.dwae.seo/ sim.jang.i/ ttwi.gi/ si.ja.kae.sseo.yo]
[挪.moo/ 虔.爭.爹.梳/ seem.爭.姨/ (do-we).gi/ 思.渣.騎.傻.喲]

심정

音 [심정]
羅 sim.jeong
諧 seem.撞

意 心情、心思、意思、感覺　名 漢〔心情〕

忘不了獲獎時的那種喜悅的心情。

상을 받았을 때의 그 기쁜 심정은 잊지 못하겠어요 .

[상을　바다쓸　때에　그　기쁜　심정은　닏찌　모타게써요]
[sang.eul/ ba.da.sseul/ ttae.e/ geu/ gi.ppeun/ sim.jeong.eun/ nit.jji/ mo.ta.ge.sseo.yo]
[生.ul/ 怕.打.sool/ 爹.誒/ 箍/ key.搬/ seem.撞.換/ it.知/ 磨.他.嘅.傻.喲]

懷著顫抖的心，向喜歡的她告白了對她的意思。

떨리는 심장으로 좋아하는 그녀에게 심정을 고백했어요 .

[떨리는　심장으로　조아하는　그녀에게　심정을　고배캐써요]
[tteol.li.neun/ sim.jang.eu.ro/ jo.a.ha.neun/ geu.nyeo.e.ge/ sim.jeong.eul/ go.bae.kae.sseo.yo]
[多.lee.noon/ seem.爭.嗚.raw/ 錯.丫.哈.noon/ 箍.(knee-all).誒.嘅/ seem.撞.(嗚 L)/ call.啤.騎.傻.喲]

ㅇ

아빠

音 [아빠]
羅 a.ppa
諧 亞.爸

意 爸爸　　名 固有語

爸爸非常愛媽媽。
아빠는 엄마를 아주 사랑하세요 .
[아빠느　넘마르　라주　사랑하세요]
[a.ppa.neu/ neom.ma.reu/ ra.ju/ sa.rang.ha.se.yo]
[亞.爸.noon/ om.媽.rule/ 亞.jew/ 沙.冷.哈.些.唷]

오빠

音 [오빠]
羅 o.ppa
諧 哦.爸

意 哥哥（女生對年長男生的稱呼）　　名 固有語

哥哥是大學生。
오빠는 대학생이에요 .
[오빠는　대학쌩이에요]
[o.ppa.neun/ dae.hak.ssaeng.i.e.yo]
[哦.爸.noon/ tare.黑.腥.二.誒.唷]

哥哥像爸爸一樣長得很帥。
오빠는 아빠를 닮아서 잘 생겼어요 .
[오빠느　나빠를　달마서　잘　생거써요]
[o.ppa.neu/ na.ppa.reul/ dal.ma.seo/ jal/ saeng.gyeo.sseo.yo]
[哦.爸.noon/ 亞.爸.rule/ (他 L).媽.梳 / (査 L)/ 腥.(gi-all).傻.唷]

아이

音 [아이]
羅 a.i
諧 亞.姨

意 小孩、孩子、對自己孩子的卑稱　　名 固有語

小孩很可愛。
아이가 귀여워요 .
[아이가　귀여워요]
[a.i.ga/ gwi.yeo.wo.yo]
[亞.姨.加/ (箍-we).唷.喎.唷]

오이

音 [오이]
羅 o.i
諧 哦.姨

意 青瓜、黃瓜　　名 固有語

青瓜很好吃。
오이가 맛있어요 .
[오이가　마시써요]
[o.i.ga/ ma.si.sseo.yo]
[哦.姨.加/ 罵.思.傻.唷]

小孩吃青瓜時津津有味的樣子很可愛。
아이가 오이를 맛있게 먹는 모습이 귀여워요 .
[아이가　오이를　마싣께　멍는　모스비　귀여워요]
[a.i.ga/ o.i.reul/ ma.sit.kke/ meong.neun/ mo.seu.bi/ gwi.yeo.wo.yo]
[亞.姨.加/ 哦.咦.rule/ 罵.泄.嘅/ 望.noon/ 磨.sue.bee/ (箍-we).唷.喎.唷]

약사

音 [약싸]
羅 yak.ssa
諧 喫.沙

意 藥劑師　名 漢〔藥師〕

藥劑師按照醫生的處方配藥。
약사는 의사의 처방전에 따라 약을 조제해요 .
[약싸느　늬사에　처방저네　따라　야글　조제해요]
[yak.ssa.neu/ nui.sa.e/ cheo.bang.jeo.ne/ tta.ra/ ya.geul/ jo.je.hae.yo]
[喫.沙.noon/ 會.沙.誒/ 初.崩.助.呢/ 打.啦/ 也.(固 L)/ 錯.姐.hea.唷]

역사

音 [역사]
羅 yeok.ssa
諧 york.沙

意 歷史　名 漢〔歷史〕

我在大學時主修歷史。
저는 대학 때 역사를 전공했어요 .
[저는　대학　때　역싸를　전공해써요]
[jeo.neun/ dae.hak/ ttae/ yeok.ssa.reul/ jeon.gong.hae.sseo.yo]
[錯.noon/ tare.黑/ 爹/ york.沙.rule/ (錯-安).工.hea.傻.唷]

那位藥劑師也是個歷史專家。
그 약사는 역사 전문가이기도 해요 .
[그 약싸는　녁싸　전문가이기도　해요]
[geu/ yak.ssa.neun/ nyeok.ssa/ jeon.mun.ga.i.gi.do/ hae.yo]
[箍/ 喫.沙.noon/ york.沙/ (錯-安).門.家.二.gi.多/ hea.唷]

어이

音 [어이]
羅 eo.i
諧 柯.姨

意 表示無話可說、無可奈何、無語、無奈　名 固有語

太荒唐了，連話都說不出來。
어이없어서 말도 안 나오네요 .
[어이업써서　말도　안　나오네요]
[eo.i.eop.sseo.seo/ mal.do/ an/ na.o.ne.yo]
[柯.姨.op.梳.梳/ 賣.多/ 晏/ 拿.哦.呢.唷]

오이

音 [오이]
羅 o.i
諧 哦.姨

意 青瓜、黃瓜　名 固有語

我經常做青瓜面膜。
저는 오이팩을 자주 해요 .
[저느　노이패글　자주　해요]
[jeo.neu/ no.i.pae.geul/ ja.ju/ hae.yo]
[錯.noon/ 哦.姨.pack.(固 L)/ 查.jew/ hea.唷]

居然把剛才做青瓜面膜用過的青瓜吃掉，真是荒唐透頂。
아까 오이팩으로 사용했던 오이를 먹어 버렸다니 정말 어이없네요 .
[아까　오이패그로　사용핻떠　노이를　머거　버렫따니　정마　러이엄네요]
[a.kka/ o.i.pae.geu.ro/ sa.yong.haet.tteo/ no.i.reul/ meo.geo/ beo.ryeot.tta.ni/ jeong.ma/ reo.i.eom.ne.yo]
[亞.加/ 哦.姨.pack.固.raw/ 沙.翁.head.don/ 哦.姨.rule/ 磨.哥/ 破.(lee-odd).打.knee/ 創.(媽 L)/ 柯.姨.om.呢.唷]

유행 · 여행

流行 · 旅行

오빠, 저는 "유행" 가고 싶어요.
哥哥，我想去「流行」。
요즘 힐링 "여행"이 "유행"인데, 우리도 떠나 볼까?
最近「流行」治癒「旅行」，我們要不要也一起去（治癒旅行）呢？

여행

音 [여행]
羅 yeo.haeng
諧 唷.hang

意 旅行、旅遊　名 漢〔旅行〕

我想去環遊世界。

저는 세계 여행을 떠나고 싶어요 .

[저는 세계 여행을 떠나고 시퍼요]
[jeo.neun/ se.gye/ yeo.haeng.eul/ tteo.na.go/ si.po.yo]
[錯.noon/ 些.嘅/ 唷.hang.(嗚 L)/ 多.那.個/ 思.岥.唷]

유행

音 [유행]
羅 yu.haeng
諧 you.hang

意 流行、盛行、時興、時代潮流　名 漢〔流行〕

最近流行燙髮，所以男生們都經常燙髮。

요즘 파마머리가 유행이라 남자들도 파마를 많이 해요 .

[요즘 파마머리가 유행이라 남자들도 파마를 마니 해요]
[yeo.jeum/ pa.ma.meo.ri.ga/ yu.haeng.i.ra/ nam.ja.deul.do/ pa.ma.reul/ ma.ni/ hae.yo]
[唷.joom/ 趴.嫣.磨.lee.加/ you.hang.易.啦/ 男.炸.dool.多/ 趴.嫣.rule/ 罵.knee/ hea.唷]

最近流行能治癒心靈的旅行。

요즘 마음까지 편안해지는 힐링 여행이 유행이에요 .

[요즘 마음까지 펴난해지는 힐링 녀행이 유행이에요]
[yeo.jeum/ ma.eum.kka.ji/ pyeo.nan.hae.ji.neun/ hil.ling/ nyeo.haeng.i/ yu.haeng.i.e.yo]
[唷.joom/ 罵.oom.加.知/ (pee-all).難.呢.至.noon/ heal.令/ (knee-唷).hang.姨/ you.hang.易.誒.唷]

韓語知多點

旅遊相關詞彙

韓文	意思	韓文	意思
공항	機場〔空港〕	항공사	航空公司〔航空社〕
항공권	機票〔航空券〕	호텔	酒店〔hotel〕
여권	護照〔旅券〕	비자	簽證〔VISA〕
입국신고서	入境申報表〔入國申告書〕	수하물	行李〔手荷物〕
여행사	旅行社〔旅行社〕	패키지여행	旅行團〔package 旅行〕
자유 여행	自由行〔自由旅行〕	배낭여행	背包旅行〔背囊旅行〕
신혼여행	蜜月旅行〔新婚旅行〕	세계 여행	環球旅行〔世界旅行〕

여관

音 [여관]
羅 yeo.gwan
諧 唷.慣

意 旅館　名 漢〔旅館〕

去旅館住一夜怎麼樣？
여관에서 하룻밤 묵고 가는 게 어때요 ?
[여과네서 하룯빰 묵꼬 가는 게 어때요]
[yeo.gwa.ne.seo/ ha.rut.ppam/ muk.kko/ ga.neun/ ge/ eo.ttae.yo]
[唷.掛.呢.梳/ 哈.律.bump/ 木.哥/ 卡.noon/ 嘅/ 哦.爹.唷]

여권

音 [여꿘]
羅 yeo.kkwon
諧 唷.(過-安)

意 護照[1]・女權[2]　名 漢〔旅券〕[1]　名 漢〔女權〕[2]

去旅行的話需要護照。
여행을 가려면 여권이 필요해요 .
[여행을 가려면 녀꿔니 피료해요]
[yeo.haeng.eul/ ga.ryeo.myeon/ nyeo.kkwo.ni/ pi.ryo.hae.yo]
[唷.hang.(嗚 L)/ 卡.(lee-all).(me-on)/ 唷.過.knee/ pee.(lee-all).hea.唷]

旅行時，不要把護照放在旅館裏，一定要隨身攜帶。
여행 시에는 여권을 여관에 두지 말고 꼭 챙기세요 .
[여행 시에는 녀꿔늘 려과네 두지 말고 꼭 챙기세요]
[yeo.haeng/ si.e.neun/ nyeo.gwo.neul/ lyeo.gwa.ne/ du.ji/ mal.go/ kkok/ chaeng.gi.se.yo]
[唷.hang/ 思.誒.noon/ 唷.過.nool/ 唷.掛.呢/ to.知/ (罵 L).固/ 谷/ cheng.gi.些.唷]

오리

音 [오:리]
羅 o.ri
諧 哦.lee

意 鴨子　名 固有語

為什麼一定要用黃色畫鴨子呢？
오리는 왜 꼭 노란색으로 그려야 해요 ?
[오리느 뇌 꽁 노란새그로 그려야 해요]
[o.ri.neu/ nwae/ kkong/ no.ran.sae.geu.ro/ geu.ryeo.ya/ hae.yo]
[哦.lee.noon/ where/ 公/ 挪.爛.些.固.raw/ 箍.(lee-all).也/ hea.唷]

요리

音 [요리]
羅 yo.ri
諧 唷.lee

意 料理、烹飪、菜式、餐[1]・這裏[2]　名 漢〔料理〕[1]　名 固有語[2]

男人喜歡擅長烹飪的女人。
남자는 요리를 잘하는 여자를 좋아해요 .
[남자는 뇨리를 잘하는 녀자를 조아해요]
[nam.ja.neun/ nyo.ri.reul/ jal.ha.neun/ nyeo.ja.reul/ jo.a.hae.yo]
[男.炸.noon/ (knee-哦).lee.rule/ 查.啦.noon/ (knee-all).炸.rule/ 錯.亞.hea.唷]

北京烤鴨是世界上首屈一指的料理。
북경 오리 구이는 세계에서 손꼽히는 요리입니다 .
[북꼉 오리 구이는 세계에서 손꼬피는 뇨리임니다]
[buk.kkyeong/ o.ri/ gu.i.neun/ se.gye.e.seo/ son.kko.pi.neun/ nyo.ri.im.ni.da]
[仆.(gi-yawn)/ 哦.lee/ 箍.姨.noon/ 些.嘅.誒.梳/ soon.姑.pee.noon/ (knee-哦).lee.驗.knee.打]

오리

音 [오:리]

羅 o.ri

諧 哦.lee

意 鴨子　名 固有語

鴨子們漂浮在湖面上。

오리들이 호수 위로 떠다녀요 .

[오리드리　호수　위로　떠다녀요]

[o.ri.deu.ri/ ho.su/ wi.ro/ tteo.da.nyeo.yo]

[哦.lee.do.lee/ 呵.sue/ we.raw/ 多.打.(knee-all).唷]

우리

音 [우리]

羅 u.ri

諧 嗚.lee

意 我們　名 固有語

我們是朋友。

우리는 친구예요 .

[우리는　친구예요]

[u.ri.neun/ chin.gu.ye.yo]

[嗚.lee.noon/ 千.姑.夜.唷]

我們去看湖裏的鴨子好嗎？

우리 호수에 오리를 보러 갈까요 ?

[우리　호수에　오리를　보러　갈까요]

[u.ri/ ho.su.e/ o.ri.reul/ bo.reo/ gal.kka.yo]

[嗚.lee/ 呵.sue.誒/ 哦.lee.rule/ 破.raw/ (卡L).加.唷]

文化知多點

韓國的「우리（我們）」文化

初學韓語的都會問一個問題，為什麼韓國人總把「**우리**（我們）」掛在嘴邊？韓國人十分重「情（**정**）」，有強烈的共同體意識，民族心強，愛國心也強。除了家人，認為朋友、同學、鄰里等都是一家人，應該互相幫助，所以出現了「**우리**（我們）」文化。會說「**우리 집**（我的家）」、「**우리 어머니**（我的媽媽）」、「**우리 아이**（我的孩子）」等等，字面雖是「我們」的意思，其實相當於「我」的意思。加上「**우리**（我們）」也能表現「親切」或「親密」程度。而「**우리**（我們）」的尊敬語是「**저희**」，在對方比自己地位高的情況或較正式的情況下使用。

요리 · 유리

料理 · 玻璃

오빠, 오늘 저녁은
제가 직접 "유리"
해 줄게요.
哥哥，今天晚上我
來給你做「玻璃」。

"유리" 먹으면 죽어.
맛있는 "요리" 해 줘.
吃「玻璃」的話會死的。
請給我做好吃的「料理」吧！

Fun分辨法
玻璃不能做料理

傻傻 FUN 不清楚？

「**요리**（料理）」與「**유리**（玻璃）」兩個詞的差別在於第一個字「**요**」和「**유**」，寫法和發音很相似，很容易搞混和被聽錯。

「**요리**（料理）」是名詞，加上「**하다**（做）」形成動詞「**요리하다**（做料理）」或者以「**요리를 하다**」的形式表示也可。「**유리**（玻璃）」也是名詞，加上「**하다**（做）」形成動詞「**유리하다**（游離、流離）」或形容詞「**유리하다**（有利）」。

漫畫內容是女生本想說做料理給男生吃「**요리해 줄게**」，卻錯說成「**유리해 줄게**」，意思就像「給你做玻璃」，這是因為「**요**」和「**유**」的發音十分相似，同樣地也有人會把「玻璃」說成「料理」，或者英文名字是「Yuri（**유리**）」的人，也常被叫錯成「料理」。同樣地，「**오리**（鴨子）」和「**우리**（我們）」也有類似情況。

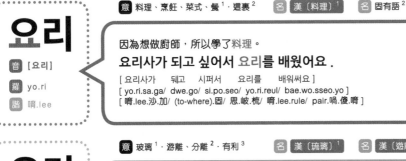

요리

音 [요리]
羅 yo.ri
諧 唷.lee

意 料理、烹飪、菜式、餐[1]．這裏[2]　名 漢〔料理〕[1]　名 固有語[2]

因為想做廚師，所以學了料理。

요리사가 되고 싶어서 요리를 배웠어요 .

[요리사가　돼고　시퍼서　요리를　배워써요]
[yo.ri.sa.ga/ dwe.go/ si.po.seo/ yo.ri.reul/ bae.wo.sseo.yo]
[唷.lee.沙.加/ (to-where).固/ 思.岐.梳/ 唷.lee.rule/ pair.喎.傻.唷]

유리

音 [유리][1,2]
[유:리][3]
羅 yu.ri
諧 you.lee

意 玻璃[1]．游離、分離[2]．有利[3]　名 漢〔琉璃〕[1]　名 漢〔遊離〕[2]　名 漢〔有利〕[3]

玻璃易碎，請小心。

유리는 깨지기 쉬우니까 조심하세요 .

[유리는　깨지기　쉬우니까　조심하세요]
[yu.ri.neun/ kkae.ji.gi/ swi.u.ni.kka/ jo.sim.ha.se.yo]
[you.lee.noon/ 嘅.知.gi/ (sue-we).嗚.knee.加/ 錯.seem.哈.些.唷]

這餐廳的飯菜都盛在玻璃碟裏。

이 식당의 요리는 다 유리 접시에 담겨요 .

[이 식땅에　요리는　다 유리　접씨에　담겨요]
[i/ sik.ttang.e/ yo.ri.neun/ da/ yu.ri/ jeop.ssi.e/ dam.gyeo.yo]
[二/ seek.登.誒/ 唷.lee.noon/ 他/ you.lee/ chop.思.誒/ 談.(gi-all).唷]

욕

音 [욕]

羅 yok

諧 玉

意 罵、惡言、壞話、責備、辱罵[1]・羞辱、侮辱[2]　名 漢〔辱〕[1,2]

不可以罵大人。

어른에게는 욕을 하면 안 돼요 .

[어르네게는 뇨글 하며 난 돼요]

[eo.re.ne.ge.neun/ nyo.geul/ ha.myeo/ nan/ dwae.yo]

[餓.論.呢.嘅.noon/ (knee-哦).(固 L)/ 哈.(me-on)/ 晏/ (do-where).唷]

육

音 [육]

羅 yuk

諧 旭

意 數字 6　數 漢〔六〕

我弟弟現在小學六年級。

우리 남동생은 지금 초등학교 육 학년이에요 .

[우리 남동생은 지금 초등학꾜 유 캉녀니에요]

[u.ri/ nam.dong.saeng.eun/ ji.geul/ cho.deung.hak.kkyo/ yu/ kang.nyeo.ni.e.yo]

[嗚.lee/ 男.洞.腥.換/ 似.goom/ 初.冬.黑.(gi-all)/ you/ 揹.(knee-all).knee.誒.唷]

六號選手不承認犯規，還對裁判進行了過分的辱罵。

육 번 선수가 반칙을 인정하지 않고 심판에게 심한 욕을 했어요 .

[육 뻔 선수가 반치글 린정하글 안코 심파네게 신한 뇨글 해써요]

[yuk/ ppeon/ seon.su.ga/ ban.chi.geul/ rin.jeong.ha.ji/ an.ko/ sim.pa.ne.ge/ sim.han/ nyo.geul/ hae.sseo.yo]

[旭/ born/ sean.sue.ga/ 盼.痴.(固 L)/ 燕.裝.哈.之/ 晏.箍/ seem.趴.呢.嘅/ seem.慳/ (knee-all).(固 L)/ hea.傻.唷]

이름

音 [이름]

羅 i.reum

諧 易.room

意 姓名、名稱、名字、名氣　名 固有語

叫什麼名字？

이름이 뭐예요 ?

[이르미 뭐예요]

[i.reu.mi/ mwo.ye.yo]

[易.room.me/ 麼.夜.唷]

여름

音 [여름]

羅 yeo.reum

諧 唷.room

意 夏天、夏季　名 固有語

這個夏天打算去水上樂園。

이번 여름에는 워터파크에 갈 예정이에요 .

[이번 녀르메느 눠터파크에 갈 례정이에요]

[i.beon/ nyeo.reu.me.neu/ nwo.teo.pa.keu.e/ gal/ rye.jeong.i.e.yo]

[易.born/ (knee-all).room.咩.noon/ 喎.拖.趴.箍.誒/ (卡 L)/ 哩.撞.易.誒.唷]

因為我在夏天出生，所以父母給我取名字叫「夏天」。

저는 여름에 태어나서 부모님께서 제 이름을 '여름'이라고 지어 주셨어요 .

[저는 녀르메 태어나서 부모님께서 제 이르믈 려르미라고 지어 주셔써요]

[jeo.neun/ nyeo.reu.me/ tae.eo.na.seo/ bu.mo.nim.kke.seo/ je/ i.reu.meul/ lyeo.reu.mi.ra.go/ ji.eo/ ju.syeo.sseo.yo]

[錯.noon/ 唷.room.咩/ tare.柯.拿.梳/ pull.麼.拈.嘅.梳/ 斜/ 易.roo.mool/ 唷.room.me.啦.個/ 似.柯/ choo.shaw.傻.唷]

자식

音 [자식]
羅 ja.sik
諧 查.seek

意 兒女、子女[1]．家伙、崽子(對男人的貶稱)[2]　名 漢〔子息〕[1]　依 漢〔子息〕[2]

世上哪有不愛子女的父母？
세상에 자식을 사랑하지 않는 부모가 어디에 있겠어요 ?
[세상에　자시글　사랑하지　안는　부모가　어디에　읻께써요]
[se.sang.e/ ja.si.geul/ sa.rang.ha.ji/ an.neun/ bu.mo.ga/ eo.di.e/ it.kke.sseo.yo]
[些.生.誒/ 查.思.(固 L)/ 沙.冷.哈.之/ 晏.noon/ pull.麼.加/ 餓.啲.誒/ it.嘅.梳.唷]

지식

音 [지식]
羅 ji.sik
諧 似.seek

意 知識　名 漢〔知識〕

透過書學會了多種多樣的知識。
책을 통해서 다양한 지식을 배우게 됐어요 .
[채글　통해서　다양한　지시글　배우게　돼써요]
[chae.geul/ tong.hae.seo/ da.yang.han/ ji.si.geul/ bae.u.ge/ dwae.sseo.yo]
[車.(固 L)/ 通.hea.梳/ 他.young.慳/ 似.思.(固 L)/ pair.嗚.嘅/ (to-where).傻.唷]

父母們為了培養子女的知識，提供各種的私人教育（校外輔導班）。
부모들은 자식의 지식을 키우기 위해 여러 가지 사교육을 시켜요 .
[부모드른　자시게　지시글　키우기　위해　여러　가지　사교유글　시켜요]
[bu.mo.deu.reun/ ja.si.ge/ ji.si.geul/ ki.u.gi/ wi.hae/ yeo.reo/ ga.ji/ sa.gyo.yu.geul/ si.kyeo.yo]
[pull.麼.do.論/ 查.思.嘅/ 似.思.(固 L)/ key.嗚.gi/ we.hea/ 唷.raw/ 加.之/ 沙.(gi-all).you.(固 L)/ 思.(key-all).唷]

文化知多點

韓國人的姓名

韓國的「姓名（**성명**）」多以三個字為主，頭一個字為「姓氏（**성씨**）」，加上兩個字的「名字（**이름**）」。韓國最多人姓「金（**김**）」，其次為姓「李（**이**）」。在稱呼別人時不能直呼其名，要在全名後加上「先生/小姐（**씨**）」，如：「**김광희 씨**（金光希先生）」；或者名字不帶姓地稱呼，即「**광희 씨**（光希先生）」；不能只以姓氏稱呼，即「**김 씨**（金先生）」是不禮貌的稱呼，只許可長輩們互相稱呼時用。

十大韓國姓氏排名：
①**김**（金）→ ②**이**（李）→ ③**박**（朴）→ ④**최**（崔）→ ⑤**정**（鄭）→
⑥**강**（姜）→ ⑦**조**（趙）→ ⑧**윤**（尹）→ ⑨**장**（張）→ ⑩**임**（林）

另名，提及長輩的名字時，要先說姓氏，再把名字逐個字分開道出。
即：「**김**，**광자 희자**（金，光字，希字）」。

커피 · 코피

咖啡 · 鼻血

오빠, "코피"
한 잔 할래요?
哥哥，要喝杯「鼻血」嗎？
COFFEE
아니, "코피" 말고
"커피" 마실래!
不，我不要喝「鼻血」，
我想喝「咖啡」！

Fun 分 辨法
喝咖啡不會流鼻血

傻傻 FUN 不清楚？

「**커피**（咖啡）」是外來語，來自英文「Coffee」一字；「**코피**（鼻血）」則是由固有語「**코**（鼻）＋**피**（血）」組成的複合語。兩者只差在第一個字的母音不同，由於「ㅓ」、「ㅗ」的發音十分相似，發音發不好，很容易被誤會。明明說「想喝咖啡」，卻說成「想喝鼻血」，就會成了別人的笑話囉。

커피

音 [커피]
羅 keo.pi
諧 call.pee

意 咖啡　名 外〔coffee〕

每天早上喝咖啡。
매일 아침에 커피를 마셔요 .
[매이 라치메 커피를 마셔요]
[mae.i/ ra.chi.me/ keo.pi.reul/ ma.syeo.yo]
[咩.姨/ 啦.痴.咩/ call.pee.rule/ 罵.梳.喲]

코피

音 [코피]
羅 ko.pi
諧 co.pee

意 鼻血　名 固有語　名 複〔코 - 피〕

天氣乾燥的話會流鼻血。
날씨가 건조하면 코피가 나요 .
[날씨가 건조하면 코피가 나요]
[nal.ssi.ga/ geon.jo.ha.myeon/ ko.pi.ga/ na.yo]
[(拿 L).思.加/ corn.助.哈.(me-on)/ co.pee.加/ 拿.喲]

我喝咖啡的話會睡不著，所以會流鼻血。
저는 커피를 마시면 잠을 이루지 못해서 코피가 나요 .
[저는 커피를 마시면 자믈 리루지 모태서 코피가 나요]
[jeo.neun/ keo.pi.reul/ ma.si.myeon/ ja.meul/ ri.ru.ji/ mo.tae.seo/ ko.pi.ga/ na.yo]
[錯.noon/ call.pee.rule/ 罵.思.(me-on)/ 查.mool/ 二.rule.之/ 磨.tare.梳/ co.pee.加/ 拿.喲]

3.2

發音相似・子音篇

子音當中，容易搞錯的，主要是 5 大組合的子音，發音相當相似，令人難以分辨。

①	②	③	④	⑤
ㄱ	ㄷ	ㅂ	ㅅ	ㅈ
ㅋ	ㅌ	ㅍ		ㅊ
ㄲ	ㄸ	ㅃ	ㅆ	ㅉ

只要這 5 組的子音作為初聲，就很容易聽錯、寫錯。

가지

音 [가지]
羅 ga.ji
諧 卡.之

意 茄子[1]・樹枝、分支[2]・種類、樣式[3]　名 固有語[1,2]　依 固有語[3]

據說最近孩子們學三種語言是基本的。
요즘 아이들은 언어를 세 가지 배우는 것이 기본이래요 .
[요즈 마이드르 너너를 세 가지 배우는 거시 기보니래요]
[yo.jeu/ ma.i.deu.reu/ neo.neo.reul/ se/ ga.ji/ bae.u.neun/ geo.si/ gi.bo.ni.rae.yo]
[唷.jew/ 罵.姨.do.論/ 餓.挪.rule/ 些/ 加.之/ pair.嗚.noon/ 個.思/ key.播.knee.哩.唷]

가치

音 [가치]
羅 ga.chi
諧 卡.痴

意 價值　名 漢〔價值〕

是有珍藏價值的郵票。
소중히 보관할 가치가 있는 우표예요 .
[소중히 보관할 가치가 인느 누표예요]
[so.jung.hi/ bo.gwan.hal/ ga.chi.ga/ in.neu/ nu.pyo.ye.yo]
[梳.中.he/ 破.關.(哈 L)/ 卡.痴.加/ 燕.noon/ 嗚.(pee-哦).夜.唷]

這幅畫有好各種各樣的價值。
이 그림은 여러 가지 가치가 있습니다 .
[이 그리믄 녀러 가지 가치가 읻씀니다]
[i/ geu.ri.meun/ nyeo.reo/ ga.ji/ ga.chi.ga/ it.sseum.ni.da]
[易/ 箍.lee.悶/ 唷.raw/ 加.之/ 卡.痴.加/ it.zoom.knee.打]

굴

音 [굴][1] [굴:][2]
羅 gul
諧 箍 L

意 蠔、牡蠣[1]・洞穴、洞窟、隧道[2]　名 固有語[1]　名 漢〔窟〕[2]

蝙蝠倒掛在洞窟天花板上。
굴 천장에 박쥐가 거꾸로 매달려 있어요 .
[굴 천장에 박쮜가 거꾸로 매달려 이써요]
[gul/ cheon.jang.e/ bak.jjwi.ga/ geo.kku.ro/ mae.dal.lyeo/ i.sseo.yo]
[(箍 L)/ (初-安).爭.誒/ 拍.(豬-we).加/ call.姑.raw/ 咩.打.(lee-all)/ 二.傻.唷]

꿀

音 [꿀]
羅 kkul
諧 姑 L

意 蜂蜜　名 固有語

在烤麵包上塗上蜂蜜吃起來很好吃。
구운 식빵에 꿀을 발라 먹어 보니 맛있어요 .
[구운 식빵에 꾸를 발라 머거 보니 마시써요]
[gu.un/ sik.ppang.e/ kku.reul/ bal.la/ meo.geo/ bo.ni/ ma.si.sseo.yo]
[箍.換/ seek.崩.誒/ 姑.rule/ 怕.啦/ 麼.哥/ 破.knee/ 罵.思.傻.唷]

蠔和蜂蜜對健康有益的食物。
굴과 꿀은 건강에 좋은 음식이에요 .
[굴과 꾸른 건강에 조으 늠시기에요]
[gul.gwa/ kku.reun/ geon.gang.e/ jo.eu/ neum.si.gi.e.yo]
[(箍 L).掛/ 姑.論/ corn.更.誒/ 錯.換/ em.思.gi.誒.唷]

개미 · 재미

螞蟻 · 有趣

저는 오빠가 "개미"있는 사람이라서 좋아요.
因為哥哥你是有「螞蟻」的人，所以喜歡你。
오빠는 "재미"있는 사람이지! "개미"는 없어.
哥哥我是個「有趣」的人，但我沒有螞蟻。

개미

音 [개:미]
羅 gae.mi
諧 騎.me

意 螞蟻　名 固有語

螞蟻是勤勞的昆蟲。
개미는 부지런한 곤충이에요 .
[개미는　부지런한　곤충이에요]
[gae.mi.neun/ bu.ji.reon.han/ gon.chong.i.e.yo]
[騎.me.noon/ pull.知.ron.慳/ koon.衝.易.誒.唷]

재미

音 [재미][1]
[재:미][2]
羅 jae.mi
諧 斜.me

意 趣味、樂趣、興趣、意思[1]・在美（住在美國的）[2]　名 漢〔滋味〕[1]　名 漢〔在美〕[2]

韓國綜藝節目的主題多樣且有趣。
한국 예능 프로그램은 주제가 다양하고 재미있어요 .
[한궁　녜능　프로그래믄　주제가　다양하고　재미이써요]
[han.gung/ nye.neung/ peu.ro.geu.rae.meun/ ju.je.ga/ da.yang.ha.go/ jae.mi.i.sseo.yo]
[慳.公/ 呢.濃/ pull.囉.固.哩.門/ choo.姐.加/ 他.young.哈.個/ 斜.me.易.梳.唷]

弟弟抓了一隻螞蟻，正在玩得很盡興。
남동생이 개미를 한 마리 잡아서 재미있게 놀고 있어요 .
[남동생이　개미를　한　마리　자바서　재미읻께　놀고　이써요]
[nam.dong.saeng.i/ gae.mi.reul/ han/ ma.ri/ ja.ba.seo/ jae.mi.it.kke/ nol.go/ i.sseo.yo]
[男.洞.sang.姨/ 騎.me.rule/ 慳/ 罵.lee/ 查.巴.梳/ 斜.me.it.嘅/ knoll.個/ 易.傻.唷]

韓語知多點

日常生活中，經常會用到「재미있어요（有趣）」這句話，是「재미（趣味）」加上「있어요（有）」的組合，相反可以加上「없어요（沒有）」表示「재미없어요（沒趣）」。

在網絡上或與朋友互傳文字訊息時，有些人會縮略成「재밌어요（有趣）」來說，或把「재미」縮略為「잼」，再加上「꿀（蜜糖）」字於前面，形成「꿀잼」的新造詞，「꿀」則變成「十分、很、非常」等意思，加強程度，表示「十分有趣」；想再加強其程度，可以再加上「핵（核）」字形成「핵꿀잼（超級有趣）」。

同樣地，加上「노（no）」字形成「노잼（沒趣）」，「핵노잼（超級沒趣）」。新造語並不是標準語，但這些書本上沒有的詞彙，也是相當重要的，要能夠與當地人溝通，也不能不認識這些流行語啊！

고래

音 [고래]
羅 go.rae
諧 call.哩

意 鯨魚・古來　名 固有語[1]　名 漢〔古來〕[2]

在水族館見過鯨魚。
아쿠아리움에서 고래를 본 적 있어요 .
[아쿠아리우메서　고래를　본　저　기써요]
[a.ku.a.ri.u.me.seo/ go.rae.reul/ bon/ jeo/ gi.sseo.yo]
[亞.箍.亞.lee.嗚.咩.梳/ call.哩.rule/ 判/ 作/ 易.傻.唷]

노래

音 [노래]
羅 no.rae
諧 挪.哩

意 歌曲、歌謠　名 固有語

我非常喜歡韓國歌曲。
한국 노래를 아주 좋아해요 .
[한궁　노래르　라주　조아해요]
[han.gung/ no.rae.reu/ ra.ju/ jo.a.hae.yo]
[慳.公/ 挪.哩.rule/ 亞.jew/ 錯.亞.hea.唷]

鯨魚像唱歌一樣鳴叫。
고래가 노래하는 것처럼 울어요 .
[고래가　노래하는　걷처러　무러요]
[go.rae.ga/ no.rae.ha.neun/ geot.cheo.reo/ mu.reo.yo]
[call.哩.加/ 挪.哩.哈.noon/ 割.初.rom/ 嗚.raw.唷]

공

音 [공:][1]
[공][2,3,4]
羅 gong
諧 窮

意 球、皮球[1]・零、空、泡影[2]・功勞、工夫、心血[3]・公共、公家、公眾的[4]
名 固有語[1]　名 漢〔空〕[2]　名 漢〔功〕[3]　名 漢〔公〕[4]

孩子們正在公園裏互相傳球。
아이들이 공원에서 공을 주고 받고 있어요 .
[아이드리　공워네서　공을　주고　받꼬　이써요]
[a.i.deu.ri/ gong.wo.ne.seo/ gong.eul/ ju.go/ bat.kko/ i.sseo.yo]
[亞.姨.do.lee/ 窮.窩.呢.梳/ 窮.(嗚 L)/ choo.個/ 匹.哥/ 二.傻.唷]

콩

音 [콩]
羅 kong
諧 cone

意 黃豆、大豆、豆子　名 固有語

醬油是用黃豆做的。
간장은 콩으로 만들어요 .
[간장은　콩으로　만드러요]
[gan.jang.eun/ kong.eu.ro/ man.deu.reo.yo]
[勤.爭.換/ cone.嗚.raw/ 慢.do.raw.唷]

媽媽使喚我去買黃豆回來，但我聽錯了，買了一個球回來。
어머니가 콩을 사 오라고 심부름을 시키셨지만 저는 잘못 듣고 공을 사 왔어요 .
[어머니가　콩을　사　오라고　심부르믈　시키셛찌만　저는　잘몯　뜯꼬　공을　사　와써요]
[eo.meo.ni.ga/ kong.eul/ sa/ o.ra.go/ sim.bu.reu.meul/ si.ki.syeot.jji.man/ jeo.neun/ jal.mot/ tteut.kko/ gong.eul/ sa/ wa.sseo.yo]
[餓.麼.knee.加/ cone.(嗚 L)/ 沙/ 哦.啦.個/ seem.bull.room/ 思.key.shot.知.蚊/ 錯.noon/ (查 L).mood/ dude.姑/ 窮.(嗚 L)/ 沙/ 哇.傻.唷]

기사

音 [기사]
羅 gi.sa
諧 key.沙

意 記事、消息、報道[1]・技師、技術工人[2]・棋士[3]・騎士、司機[4]
名 漢〔記事〕[1] 名 漢〔技士〕[2] 名 漢〔碁士／棋士〕[3] 名 漢〔騎士〕[4]

請把收到的情報信息確認後才寫報道。
받은 정보를 확인 후 기사를 쓰세요 .
[바든 정보를 화긴 후 기사를 쓰세요]
[ba.deun/ jeong.bo.reul/ hwa.gin/ hu/ gi.sa.reul/ sseu.se.yo]
[怕.嚬/ 創.播.rule/ (who-哇).見/ who/ key.沙.rule/ sue.些.唷]

기자

音 [기자]
羅 gi.ja
諧 key.炸

意 記者 名 漢〔記者〕

記者必需要寫真實的報道。
기자는 진실된 기사를 써야 해요 .
[기자는 진실된 기사를 써야 해요]
[gi.ja.neun/ jin.sil.doen/ gi.sa.reul/ sseo.ya/ hae.yo]
[key.炸.noon/ 錢.seal.(do-when)/ key.沙.rule/ 梳.也 / hea.唷]

記者每天取材採訪後寫報道。
기자는 매일 취재 후 기사를 씁니다 .
[기자는 매일 취재 후 기사를 씁니다]
[gi.ja.neun/ mae.il/ chwi.jae/ hu/ gi.sa.reul/ sseum.ni.da]
[key.炸.noon/ 咩.ill/ (處-we).姐/ who/ key.沙.rule/ zoom.knee.打]

기자

音 [기자]
羅 gi.ja
諧 key*.炸
*粵語「虔 (kin4)」的「ki」音

意 記者 名 漢〔記者〕

我想成為一名體育記者。
저는 스포츠 기자가 되고 싶어요 .
[저는 스포츠 기자가 뒈고 시퍼요]
[jeo.neun/ seu.po.cheu/ gi.ja.ga/ dwe.go/ si.po.yo]
[錯.noon/ sue.峻.choo/ key.炸.加/ (to-where).個/ 思.峻.唷]

기차

音 [기차]
羅 gi.cha
諧 key*.差
*粵語「虔 (kin4)」的「ki」音

意 火車 名 漢〔汽車〕

坐火車去釜山。
기차를 타고 부산에 가요 .
[기차를 타고 부사네 가요]
[gi.cha.reul/ ta.go/ bu.sa.ne/ ga.yo]
[key.差.rule/ 他.個/ pull.沙.呢/ 卡.唷]

記者採訪結束後，在回去的火車上寫新聞報道。
기자가 취재를 마친 후 , 돌아가는 기차 안에서 신문 기사를 써요 .
[기자가 취재를 마친 후, 도라가는 기차 아네서 신문 기사를 써요]
[gi.ja.ga/ chwi.jae.reul/ ma.chin/ hu/ do.ra.ga.neun/ gi.cha/ a.ne.seo/ sin.mun/ gi.sa.reul/ ssyeo.yo]
[key.炸.加/ (處-姨).姐.rule/ 罵.千/ who/ 陀.啦.加.noon/ key.差/ 亞.呢.梳/ 先.門/ key.沙.rule/ 梳.唷]

매달

音 [매:달]
羅 mae.dal
諧 咩.(打 L)

意 每月、每個月　名 複〔每 - 달〕

百貨公司每月第三個星期一休息。
백화점은 매달 세 번째 월요일에 휴점이에요 .
[배콰저믄 매달 세 번째 워료이레 휴저미에요]
[bae.kwa.jeo.meun/ mae.dal/ se/ beon.jjae/ wo.ryo.i.re/ hyu.jeo.mi.e.yo]
[pair.誇.助.悶/ 咩.(打 L)/ 些/ born.姐/ 喎.(lee-all).易.哩/ (he-you).助.me.誒.唷]

배달

音 [배달]
羅 bae.dal
諧 pair.(打 L)

意 配送、投遞、送貨、外賣　名 漢〔配達〕

韓國的飲食配送文化發展得很發達。
한국은 음식 배달 문화가 발달돼 있어요 .
[한구근 늠식 빼달 문화가 발딸돼 이써요]
[han.gu.geu/ neum.sik/ ppae.dal/ mun.hwa.ga/ bal.ttal.dwae/ i.sseo.yo]
[慳.姑.官/ em.seek/ 啤.(打 L)/ 門.(who-哇).加/ (怕 L).(打 L).(do-where)/ 易.傻.唷]

每個月都會叫一次炸雞外賣，然後和室友一起吃。
매달 치킨 배달을 한 번씩 시켜 룸메이트와 함께 먹어요 .
[매달 치킨 배다를 한 번씩 씨켜 룸메이트와 함께 머거요]
[mae.dal/ chi.kin/ bae.da.reul/ han/ beon.ssik/ ssi.kyeo/ rum.me.i.teu.wa/ ham.kke/ meo.geo.yo]
[咩.(打 L)/ 痴.keen/ pair.打.rule/ 慳/ born.seek/ 思.(key-all)/ room.咩.姨.too.哇/ 堪.嘅/ 麼.哥.唷]

발

音 [발][1,2]
[발:][3]
羅 bal
諧 怕L

意 腳、足、蹄、腳步[1]．粒（子彈）、發（炮彈）、響（爆竹）[2]．簾[3]
名 固有語[1,3]　依 固有語[2]

走了一整天，所以腳痛。
하루 종일 걸어서 발이 아파요 .
[하루 종일 거러서 바리 아파요]
[ha.ru/ jong.il/ geo.reo.seo/ ba.ri/ a.pa.yo]
[哈.rule/ 中.ill/ call.raw.梳/ 怕.lee/ 亞.趴.唷]

팔

音 [팔]
羅 pal
諧 趴L

意 數字 8[1]．手臂、臂[2]　數 漢〔八〕[1]　名 固有語[2]

我弟弟的手臂很長。
우리 남동생은 팔이 길어요 .
[우리 남동생은 파리 기러요]
[u.ri/ nam.dong.ssaeng.eun/ pa.ri/ gi.reo.yo]
[嗚.lee/ 男.洞.腥.換/ 趴.lee/ key.raw.唷]

8 號鞋子不合腳。
팔 번 신발은 발에 안 맞아요 .
[팔 번 신바른 바레 안 마자요]
[pal/ beon/ sin.ba.reun/ ba.re/ an/ ma.ja.yo]
[(趴 L)/ born/ 先.爸.論/ 怕.哩/ 晏/ 罵.炸.唷]

밭

音 [받]
羅 bat
諧 帕-抏

意 田、旱田　名 固有語

夏天時在田裏工作很吃力。
여름에는 밭에서 일하기 힘들어요 .
[여르메는　바테서　일하기　힘드러요]
[yeo.reu.me.neun/ ba.te.seo/ il.ha.gi/ him.deu.reo.yo]
[唷.room.咩.noon/ 帕.tare.梳/ ill.哈.gi/ 謙.do.raw.唷]

팥

音 [팓]
羅 pat
諧 匹

意 紅豆　名 固有語

冬至那天有吃紅豆粥的風俗。
동짓날에는 팥죽을 먹는 풍습이 있어요 .
[동진나레는　팓쭈글　멍는　풍스비　이써요]
[dong.jin.na.re.neun/ pat.jju.geul/ meong.neun/ pung.seu.bi/ i.sseo.yo]
[同.箭.拿.哩.noon/ 匹.jew.(固 L)/ 望.noon/ 蹤.sue.bee/ 易.傻.唷]

用在田裏收穫的紅豆做成了冬至吃的紅豆粥。
밭에서 수확한 팥으로 동지 팥죽을 만들었어요 .
[바테서　수화칸　파트로　동지　팓쭈글　만드러써요]
[ba.te.seo/ su.hwa.kan/ pa.teu.ro/ dong.ji/ pat.jju.geul/ man.deu.reo.sseo.yo]
[帕.tare.梳/ sue.(who-哇). 勸 / 趴.too.raw/ 同.知/ 匹.jew.(固 L)/ 慢.do.raw.傻.唷]

보도

音 [보:도]
羅 bo.do
諧 破.多

意 報道[1]・步道、行人道路[2]　名 漢〔報道〕[1]　名 漢〔步道〕[2]

網上有很多不實的報道。
인터넷에는 부실한 보도 기사가 많아요 .
[인터네세는　부실한　보도　기사가　마나요]
[in.teo.ne.se.neun/ bu.sil.han/ bo.do/ gi.sa.ga/ ma.na.yo]
[燕.拖.呢.些.noon/ bull.思.爛/ 破.多/ key.沙.加/ 罵.那.唷]

포도

音 [포도]
羅 po.do
諧 婆.多

意 葡萄、提子[1]・柏油道[2]　名 漢〔葡萄〕[1]　名 漢〔鋪道〕[2]

我只吃沒有籽的葡萄。
저는 씨가 없는 포도만 먹어요 .
[저는　씨가　엄는　포도만　머거요]
[jeo.neun/ ssi.ga/ eom.neun/ po.do.man/ meo.geo.yo]
[錯.noon/ 思.加/ om.noon/ 婆.多.蚊/ 磨.個.唷]

據報道，今年的葡萄收成已經達到了供過於求的地步。
올해 포도 농사는 공급 과잉 상태가 되었다고 뉴스에서 보도했습니다 .
[올해　포도　농사는　공급　꽈잉　상태가　뒈얻따고　뉴스에서　보도핻씀니다]
[ol.hae/ po.do/ nong.sa.neun/ gong.geup/ kkwa.ing/ sang.tae.ga/ dwe.eot.tta.go/ nyu.seu.e.seo/ bo.do.haet.sseum.ni.da]
[哦.哩/ 婆.多/ 濃.沙.noon/ 窮.goop/ 瓜.應/ 生.tare.加/ (to-where).odd.打.固/ new.sue.誒.梳/ 破.多.head.zoom.knee.打]

밥 · 팝

飯 · 流行音樂

오빠, "팝"
먹었어요?
哥哥，你吃「流行音樂」了嗎？
"밥"은 아직 안 먹었는데
"팝" 은 이미 듣고 있어.
我還沒吃「飯」，
「流行音樂」則已經在聽著。

Fun 分 辨法
音樂不能當飯吃

傻傻 FUN 不清楚？

初學韓語的，很難掌握「ㅂ」和「ㅍ」的發音，常會鬧出笑話。「**밥**（飯）」這個字，大部分初學者都能夠輕易默寫得到，只是發音很容易發成「**팝**（流行音樂）」，兩者意思完全不同。在日常生活中，除了會說「**안녕하세요**？（您好？）」寒喧問候，也經常會說「**밥 먹었어요**？（吃飯了嗎？）」，所以這兩個詞語的發音有必要好好地分清楚。

밥

音 [밥]
羅 bap
諧 帕-up

意 飯　名 固有語

為了減肥一整天捱餓不吃飯。
살을 빼려고 하루 종일 밥을 굶고 있어요 .
[사를 빼려고 하루 종일 바블 굼꼬 이써요]
[sa.reul/ ppae.ryeo.go/ ha.ru/ jong.il/ ba.beul/ gum.kko/ i.sseo.yo]
[沙.rule/ 啤.(lee-all).固 / 哈.rule/ 中.ill/ 帕.bull/ koom.哥 / 易.傻.唷]

팝

音 [팝]
羅 pap
諧 pub

意 流行音樂　名 外〔pop〕

小時候透過收音機聽了很多流行音樂。
어렸을 때 라디오를 통해서 팝을 많이 들었어요 .
[어려쓸 때 라디오를 통해서 파블 마니 드러써요]
[eo.ryeo.sseul/ ttae/ ra.di.o.reul/ tong.hae.seo/ pa.beul/ ma.ni/ deu.reo.sseo.yo]
[餓.(lee-all).sul/ 爹/ 啦.哟.哦.rule/ 通.hea.梳/ 趴.bull/ 罵.knee/ to.raw.傻.唷]

一邊用耳機聽流行音樂，一邊吃飯。
이어폰으로 팝 음악을 들으면서 밥을 먹어요 .
[이어포느로 파 브마글 드르면서 바블 머거요]
[i.eo.po.neu.ro/ pa/ beu.ma.geul/ deu.reu.myeon.seo/ ba.beul/ meo.geo.yo]
[易.柯.noo.raw/ 趴/ bull.罵.(固 L)/ to.room.(me-on).梳/ 帕.bull/ 麼.哥.唷]

韓語知多點

在餐廳進餐時，很多韓國料理都是一大鍋一起吃，很少配飯的，白飯要另外點，用碗盛的叫「一碗飯（**공깃밥**）」，一般都是「白飯（**흰밥**）」來的；有些餐廳會提供「雜穀飯（**잡곡밥**）」或「玄米飯（**현미밥**）」。有些料理吃剩一點時，可以加「炒飯（**볶음밥**）」，侍應會在鍋裏加上白飯及其他配料，與吃剩在鍋裏的醬汁或材料造成炒飯，十分美味。

방 · 빵

房間 · 麵包

오빠, 저는 "방" 먹고 싶어요. "방" 좀 사 주세요.
哥哥，我想吃「房間」。請買「房間」給我。
"방" 은 너무 비싸서 못 사 주는데 "빵" 은 몇 개 사 줄게.
「房間」太貴不能買給你，「麵包」就可以買幾個給你。

방

音 [방][1] [방ː][2]
羅 bang
諧 彭

意 房間、居室[1]．放（槍、炮彈、爆藥的爆放次數單位）[2]．放（拍照、放屁、拳頭次數單位）[2]

名 漢〔房〕[1]　依 漢〔放〕[2]

我和妹妹一起用同一個房間。

저는 여동생이랑 같이 한 방을 써요 .

[저는 녀동생이랑 가치 한 방을 써요]
[jeo.neun/ nyeo.dong.saeng.i.rang/ ga.chi/ han/ bang.eul/ sseo.yo]
[錯.noon/ 唷.洞.sang.姨.冷/ 卡.痴/ 慳/ 彭.(嗚 L)/ 梳.唷]

빵

音 [빵]
羅 ppang
諧 崩

意 麵包　名 固有語

外國人們早上主要吃麵包。

외국인들은 아침에 주로 빵을 먹어요 .

[웨구긴드르 나치메 주로 빵을 머거요]
[we.gu.gin.deu.reu/ na.chi.me/ ju.ro/ ppang.eul/ meo.geo.yo]
[where.姑.見.do.論/ 亞.痴.咩/ choo.raw/ 崩.(嗚 L)/ 磨.哥.唷]

妹妹現在正在在房間裏做吃麵包的「吃放」直播。

여동생은 지금 방에서 빵으로 '먹방'을 하고 있어요 .

[여동생은 지금 방에서 빵으로 먹빵을 하고 이써요]
[yeo.dong.saeng.eun/ ji.geum/ bang.e.seo/ ppang.eu.ro/ meok.ppang.eul/ ha.go/ i.sseo.yo]
[唷.洞.sang.換/ 似.goom/ 彭.誒.梳/ 崩.嗚.raw/ 莫.崩.(嗚 L)/ 哈.個/ 易.傻.唷]

韓語知多點

在韓語中，「방（房間）」一字，經常和其他名詞組成新的詞彙，表示某些場所。

韓文	意思	韓文	意思
노래방	卡拉 OK 房〔노래房〕	**책방**	書店〔冊房〕
찜질방	桑拿房〔찜질房〕	**만화방**	漫畫店〔漫畫房〕
빨래방	洗衣店〔洗衣房〕	**피시방 / PC방**	網吧〔PC 房〕
멀티방	多用途間〔multi 房〕	**비디오방**	放映廳〔video 房〕

비 · 피

雨 · 血

오빠가, "피"에 맞아서 다 젖었어요.
哥哥都被「血」淋濕了。
"비"에 맞아도 괜찮아. "피"가 아니니까 ㅋㅋ
被「雨」淋濕也沒關係，因為不是「血」。哈哈！

Fun分辨法
下雨不滴血

傻傻 FUN 不清楚？

「**커피**（咖啡）」是外來語，來自英文「Coffee」一字；「**코피**（鼻血）」則是由固有語「**코**（鼻）＋**피**（血）」組成的複合語。兩者只差在第一個字的母音不同，由於「ㅓ」、「ㅗ」的發音十分相似，發音發不好，很容易被誤會。明明說「想喝咖啡」，卻說成「想喝鼻血」，就會成了別人的笑話。

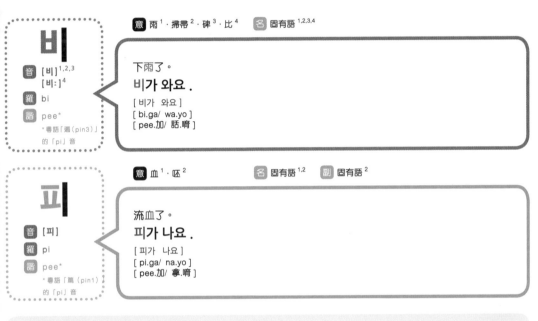

비

音 [비][1,2,3]
[비ː][4]
羅 bi
諧 pee*
*粵語「邊（pin3）」的「pi」音

意 雨[1]・掃帚[2]・碑[3]・比[4]　名 固有語[1,2,3,4]

下雨了。
비가 와요 .
[비가　와요]
[bi.ga/　wa.yo]
[pee.加/　話.唷]

피

音 [피]
羅 pi
諧 pee*
*粵語「篇（pin1）」的「pi」音

意 血[1]・坯[2]　名 固有語[1,2]　副 固有語[2]

流血了。
피가 나요 .
[피가　나요]
[pi.ga/　na.yo]
[pee.加/　拿.唷]

血像雨一樣流。
피를 비처럼 흘려요 .
[피를　비처럼　　흘려요]
[pi.reul/　bi.cheo.reom/　heul.lyeo.yo]
[pee.rule/　pee.初.rom/　who.(lee-all).唷]

보장

音 [보:장]

羅 bo.jang

諧 破.爭

意 保障、保證、擔保　名 漢〔保藏〕

國家應該保障言論自由。

나라는 언론의 자유를 보장을 해야 합니다 .

[나라느　널로네　자유를　보장을　해야　합니다]

[na.ra.neu/ neol.lo.ne/ ja.yu.reul/ bo.jang.eul/ hae.ya/ ham.ni.da]

[拿.啦.noon/ (餓 L).囉.呢/ 查.you.rule/ 破.爭.(嗚 L)/ hea.也/ 堪.knee.打]

포장

音 [포장]

羅 po.jang

諧 岥.爭

意 包、包裝、包裹[1]・鋪路[2]　名 漢〔包裝〕[1]　名 漢〔鋪裝〕[2]

這是禮物，所以請包裝得漂亮點。

선물이니까 예쁘게 포장을 해 주세요 .

[선무리니까　예쁘게　포장을　해　주세요]

[seon.mu.ri.ni.kka/ ye.ppeu.ge/ po.jang.eul/ hae/ ju.se.yo]

[sean.moo.lee.knee.加/ 夜.bull.嘅/ 岥.爭.(嗚 L)/ hea/ choo.些.唷]

用這堅固的盒子包裝的話，就能完全保障內容物的安全。

이 튼튼한 박스로 포장하면 내용물의 안전은 완벽하게 보장될 거예요 .

[이 튼튼한　박쓰로　포장하면　내용무레　안저느　완벼카게　보장될　꺼예요]

[i/ teun.teun.han/ bak.sseu.ro/ po.jang.ha.myeon/ nae.yong.mu.re/ an.joo.neu/ nwan.byeo.ka.ge/ bo.jang.dwel/ kkeo.ye.yo]

[易/ toon.toon.慳/ 白.sue.raw/ 岥.爭.哈.(me-on)/ 呢.用.moo.哩/ 晏.助.noon/ 環.(be-all).car.嘅/ 破.爭.(do-well)/ 哥.夜.唷]

불

音 [불]

羅 bul

諧 bull

意 火、燈火、火災[1]・美元（美國貨幣單位）[2]　名 固有語[1]　依 漢〔弗〕[2]

發生火災的話，請致電 119。

불이 나면 119 에 전화하세요 .

[부리　나면　일릴구에　전화하세요]

[bu.ri/ na.myeon/ il.lil.gu.e/ jeon.hwa.ha.se.yo]

[bull.lee/ 拿.(me-on)/ ill.real.固.誒/ (錯-安).(who-哇).哈.些.唷]

풀

音 [풀]

羅 pul

諧 pull

意 草[1]・膠水、漿糊[1]・氣勢、氣魄[1]・游泳池[2]　名 固有語[1]　名 外〔pool〕[2]

請在郵票上塗上膠水後黏貼。

우표에 풀을 바른 후 붙이세요 .

[우표에　푸를　바른　후　부치세요]

[u.pyo.e/ pu.reul/ ba.reun/ hu/ bu.chi.se.yo]

[嗚.(pee-all).誒/ pull.rule/ 怕.論/ who/ pull.痴.些.唷]

草地著火了，把草全都燒焦了。

잔디밭에 불이 나서 풀을 모두 다 태워 버렸어요 .

[잔디바테　부리　나서　푸를　모두　다　태워　버려써요]

[jan.di.ba.te/ bu.ri/ na.seo/ pu.reul/ mo.du/ da/ tae.wo/ beo.ryeo.sseo.yo]

[殘.啲.怕.tare/ pull.lee/ 拿.梳/ pull.rule/ 磨.do/ 他/ tare.窩/ 破.(lee-all).傻.唷]

비자

音 [비자]
羅 bi.ja
諧 pee*.炸
* 遍 [pin3] 的「pi」

意 簽證　名 外 (visa)

去大使館申請簽證。
비자를 신청하러 대사관에 가요 .
[비자를　신청하러　대사과네　가요]
[bi.ja.reul/ sin.cheong.ha.reo/ dae.sa.gwa.ne/ ga.yo]
[pee.炸.rule/ 先.倉.哈.raw/ tare.沙.掛.呢/ 卡.唷]

피자

音 [피자]
羅 pi.ja
諧 pee*.炸
* 篇 [pin1] 的「pi」

意 披薩、意大利薄餅　名 外 (pizza)

我們點披薩吃吧。
피자를 시켜 먹자 .
[피자를　시켜　먹짜]
[pi.ja.reul/ si.kyeo/ meok.jja]
[pee.炸.rule/ 思.(key-all)/ 莫.渣]

我得到工作簽證發給了，今天中午我來請客吃披薩。
취업 비자를 발급받았으니 오늘 점심은 제가 피자를 쏠게요 .
[취업　삐자를　발급빠다쓰니　오늘　점시믄　제가　피자를　쏠께요]
[chwi.eop/ ppi.ja.reul/ bal.geup.ppa.da.sseu.ni/ o.neul/ jeom.si.meun/ je.ga/ pi.ja.reul/ ssol.kke.yo]
[(處-we).op/ bee.炸.rule/ (帕 L).goop.爸.打.sue.knee/ 哦.nool/ (錯-om).思.悶/ 斜.加/ pee.炸.rule/ (蘇 L).嘅.唷]

빨대

音 [빨때]
羅 ppal.ttae
諧 (爸 L).爹

意 飲管、吸管　名 固有語

為了保護環境，請不要使用飲管。
환경 보호를 위해서 빨대를 쓰지 마십시오 .
[환경　보호르　뤼해서　빨때를　쓰지　마십씨오]
[hwan.gyeong/ bo.ho.reu/ rwi.hae.seo/ ppal.ttae.reul/ sseu.ji/ ma.sip.ssi.o]
[(who-灣).(gi-yawn)/ 破.呵.rule/ we.hea.梳/ (爸 L).爹.rule/ sue.知/ 麻.涉.思.哦]

빨래

音 [빨래]
羅 ppal.lae
諧 (爸 L).哩

意 洗衣服、要洗或已洗的衣服　名 固有語

天氣潮濕，所以洗好的衣服不太乾透。
날씨가 습해서 빨래가 잘 안 말라요 .
[날씨가　스패서　빨래가　자　란　말라요]
[nal.ssi.ga/ seu.pae.seo/ ppal.lae.ga/ ja/ ran/ mal.la.yo]
[(拿 L). 思.加/ sue.pair.梳/ (爸 L).哩.加/ (查 L)/ 晏/ (罵 L).啦.唷]

洗衣服時聽到奇怪的聲音，發現有飲管在衣服口袋裏。
빨래하다가 이상한 소리가 나서 보니 빨대가 옷 주머니에 있더라고요 .
[빨래하다가　이상한　소리가　나서　보니　빨대가　옫　쭈머니에　읻떠라고요]
[ppal.lae.ha.da.ga/ i.sang.han/ so.ri.ga/ na.seo/ bo.ni/ ppal.ttae.ga/ ot/ jju.meo.ni.e/ it.tteo.ra.go.yo]
[(爸 L).哩.哈.打.加/ 易.生.慳/ 梳.lee.加/ 拿.梳/ 破.knee/ (爸 L).爹.加/ 活/ jew.麼.knee.誒/ it.多.啦.個.唷]

의사 · 의자

醫生 · 椅子

오빠, 저기 "의사"에 앉을까요?
哥哥，我們坐在那「醫生」上，好嗎？
저거는 "의자"예요. "의사"는 병원에서 일해요.
那個是「椅子」。「醫生」在醫院工作。

Fun 分 辨法

醫生不是椅子，不是用來坐的啊！

傻傻 FUN 不清楚？

一開始學韓語發音，學到「ㅢ」母音時，一定會學到「**의사**（醫生）」和「**의자**（椅子）」這兩個詞語，差別在於子音「ㅅ」和「ㅈ」，除了發音上相似，字型也相似，所以無論是用說的，還是寫的，都很多學生會搞混。總是把「醫生」說成「椅子」，或者把「椅子」寫成「醫生」，就會變成有趣的笑話。

例如，向醫生打招呼時：

" 의자 " 선생님 , 안녕하세요 ? (X) ＞ **의사 선생님 , 안녕하세요 ?** (O)
「椅子」先生，您好。 醫生，您好。

교실에 책상하고 " 의사 " 가 많아요 . (X) ＞ **교실에 책상하고 의자가 많아요** (O)
課室有很多書桌和「醫生」。 課室有很多書桌和椅子。

所以一定要把這兩個詞弄清楚啊！

의사

音 [의사][1,2] [의:사][3]
羅 ui.sa
諧 會.沙

意 醫生[1]・意思、想法、思想[2]・義士[3] 名 漢〔醫師〕[1] 名 漢〔意思〕[2] 名 漢〔義士〕[3]

我的夢想是成為一名醫生。
제 꿈은 의사가 되는 거예요 .
[제 꾸므 늬사가 뒈는 거예요]
[je/ kku.meu/ nui.sa.ga/ dwe.neun/ geo.ye.yo]
[斜/ 姑.門/ 會.沙.加/ (to-where).noon/ 個.夜.唷]

의자

音 [의자]
羅 ui.ja
諧 會.炸

意 椅子 名 漢〔椅子〕

坐在椅子上休息一會兒，好嗎？
의자에 앉아서 잠깐 쉴까요 ?
[의자에 안자서 잠깐 쉴까요]
[ui.ja.e/ an.ja.seo/ jam.kkan/ swil.kka.yo]
[會.炸.誒/ 晏.炸.梳/ 尋.間/ (she-ill).加.唷]

想要成為醫生的話，必須坐在椅子上每天學習。
의사가 되려면 의자에 앉아서 매일 공부해야 해요 .
[의사가 뒈려며 늬자에 안자서 매일 공부해야 해요]
[ui.sa.ga/ dwe.ryeo.myeo/ nui.ja.e/ an.ja.seo/ mae.il/ gong.bu.hae.ya/ hae.yo]
[會.沙.加/ (to-where).(lee-all).(me-on)/ 會.炸.誒/ 晏.渣.梳/ 咩.ill/ 窮.bull.hea.也/ hea.唷]

아주

音 [아주] [아:주]
羅 a.ju
諧 亞.jew

意 非常、很、完全、永遠[1]，哼[2]　副 固有語[1]　感 固有語[2]

哥哥很會唱歌。
오빠는 노래를 아주 잘해요 .
[오빠는　노래르　라주　잘해요]
[o.ppa.neun/ no.rae.reu/ ra.ju/ jal.hae.yo]
[哦.爸.noon/ 挪.哩.rule/ 亞.jew/ 查.哩.喲]

자주

音 [자주]
羅 ja.ju
諧 查.jew

意 常常、經常[1]，紫色[2]，自主[3]　副 固有語[1]　名 漢〔紫朱〕[2]　名 漢〔自主〕[3]

哥哥經常去唱卡啦 OK。
오빠는 노래방에 자주 가요 .
[오빠는　노래방에　자주　가요]
[o.ppa.neun/ no.rae.bang.e/ ja.ju/ ga.yo]
[哦.爸.noon/ 挪.哩.崩.誒/ 查.jew/ 卡.喲]

哥哥很會唱歌，所以經常去唱卡啦 OK。
오빠는 노래를 아주 잘해서 노래방에 자주 가요 .
[오빠는　노래르　라주　잘해서　노래방에　자주　가요]
[o.ppa.neun/ no.rae.reu/ ra.ju/ jal.hae.seo/ no.rae.bang.e/ ja.ju/ ga.yo]
[哦.爸.noon/ 挪.哩.rule/ 亞.jew/ 查.哩.梳/ 挪.哩.崩.誒/ 查.jew/ 卡.喲]

안경

音 [안:경]
羅 an.gyeong
諧 晏.(gi-yawn)

意 眼鏡　名 漢〔眼鏡〕

我沒戴眼鏡的話會看不清楚。
저는 안경을 쓰지 않으면 하나도 안 보여요 .
[저느　난경을　쓰지　아느면　하나도　안　보여요]
[jeo.neu/ nan.gyeong.eul/ sseu.ji/ a.neu.myeon/ ha.na.do/ an/ bo.yeo.yo]
[錯.noon/ 晏.(gi-yawn).(嗚 L)/ sue.知/ 亞.noo.(me-on)/ 哈.那.多/ 晏/ 破.喲.喲]

안녕

音 [안녕]
羅 an.nyeong
諧 晏.(knee-yawn)

意 平安、安好、安寧[1]，你好或再見（見面或分手時的打招呼用語）[2]
名 漢〔安寧〕[1]　感 漢〔安寧〕[2]

您好？很高興認識你。
안녕하세요 ? 만나서 반갑습니다 .
[안녕하세요　만나서　반갑씀니다]
[an.nyeong.ha.se.yo/ man.na.seo/ ban.gap.sseum.ni.da]
[晏.(knee-yawn).哈.些.喲/ 慢.那.梳/ 盼.甲.zoom.knee.打]

我把「您好」的發音讀成請戴「眼鏡」，讓對方大笑。
제가「안녕」하세요를「안경」하세요로 발음하는 바람에 상대방이 크게 웃었어요 .
[제가　안녕하세요르　란경하세요로　바름하는　바라메　상대방이　크게　우서써요]
[je.ga/ an.nyeong.ha.se.yo.reu/ ran.gyeong.ha.se.yo.ro/ ba.reum.ha.neun/ ba.ra.me/ sang.dae.bang.i/ keu.ge/ u.seo.sseo.yo]
[斜.加/ 晏.(knee-yawn).哈.些.喲.rule/ 晏.(gi-yawn).哈.些.喲.raw/ 怕.room. 哈.noon/ 怕.啦.咩/ 生.爹.崩.姨/ 箍.嘅/ 嗚.梳.傻.喲]

자

音 [자]
羅 ja
諧 查

意 尺[1]・字[2]・者、家伙[3]・喂、來、好、唉[4]

名 固有語[1]　名 漢〔字〕[2]　依 漢〔者〕[3]　感 固有語[4]

買褲之前請用軟尺量度一下腰圍吧。
바지를 사기 전에 줄자로 허리를 재어 보세요 .
[바지를 사기 저네 줄자로 허리를 재어 보세요]
[ba.ji.reul/ sa.gi/ jeo.ne/ jul.ja.ro/ heo.ri.reul/ jae.eo/ bo.se.yo]
[怕.知.rule/ 沙.gi/ 錯.呢/ chool.炸.raw/ 呵.lee.rule/ 斜.柯/ 破.些.唷]

차

音 [차]
羅 cha
諧 差

意 茶、茗茶[1]・車、汽車[2]・差、差別、差數、差距[3]・次、度、屆[4]

名 漢〔茶〕[1]　名 漢〔車〕[2]　名 漢〔差〕[3]　依 漢〔次〕[4]

爸爸每天喝茶。
아버지께서는 매일 차를 드세요 .
[아버지께서는 매일 차를 드세요]
[a.beo.ji.kke.seo.neun/ mae.il/ cha.reul/ deu.se.yo]
[亞.波.知.嘅.梳.noon/ 咩.ill/ 差.rule/ to.些.唷]

天啊！孩子正在用尺子把茶攪來攪去。
어머 , 아기가 자로 차를 휘젓고 있어요 .
[어머 아기가 자로 차를 휘저꼬 이써요]
[eo.mo/ a.gi.ga/ ja.ro/ cha.reul/ hwi.jeot.kko/ i.sseo.yo]
[柯.麼/ 亞.gi.加/ 查.raw/ 差.rule/ (who-we).jot.哥/ 易.傻.唷]

자다

音 [자다]
羅 ja.da
諧 查.打

意 睡覺　動 固有語

要養成早睡早起的習慣。
일찍 자고 일찍 일어나는 습관을 들여야 돼요 .
[일찍 짜고 일찡 니러나는 습꽈늘 드려야 돼요]
[il.jjik/ jja.go/ il.jjing/ ni.reo.na.neun/ seup.kkwa.neul/ deu.ryeo.ya/ dwae.yo]
[ill.積/ 渣.個/ ill.積/ 易.raw.拿.noon/ soup/ 瓜.nool/ to.(lee-all).也/ (to-where).唷]

짜다

音 [짜다]
羅 jja.da
諧 渣.打

意 鹹（味道）[1]・吝嗇（對財物或事情）[2]・綴合、配成、組合[3]・編織[4]・編制、組織[5]・安排、擬訂[6]

形 固有語[1,2]　動 固有語[3,4,5,6]

吃過鹹的食物的話對健康不好。
음식을 짜게 먹으면 건강에 안 좋아요 .
[음시글 짜게 머그면 건강에 안 조아요]
[eum.si.geul/ jja.ge/ meo.geu.myeon/ geon.gang.e/ an/ jo.a.yo]
[oom.思.(固 L)/ 渣.嘅/ 磨.固.(me-on)/ corn.更.誒 / 晏/ 錯.亞.唷]

吃了過鹹的食物後睡覺，口渴難耐，早早就醒來了。
음식을 짜게 먹고 잤더니 목이 말라 일찍 깼어요 .
[음시글 짜게 먹꼬 잗떠니 모기 말라 일찍 깨써요]
[eum.si.geul/ jja.ge/ meok.kko/ jat.tteo.ni/ mo.gi/ mal.la/ il.jjik/ kkae.sseo.yo]
[oom.思.(固 L)/ 渣.嘅/ 莫.哥/ 擦.多.knee/ 磨.gi/ 罵.啦/ ill.積/ 嘅.傻.唷]

짐

音 [짐]

羅 jim

諧 潛

意 行李、貨[1]．擔子[2]　名 固有語[1,2]

明天要去旅行，但還沒收拾行李。

내일 여행을 가는데 아직 짐을 안 쌌어요 .

[내일　려행을　　가는데　　아직　　찌므　　란　싸써요]
[nae.il/ lyeo.haeng.eul/ ga.neun.de/ a.jik/ jji.meu/ ran/ ssa.sseo.yo]
[呢.ill/ (lee-all).輕.(嗚 L)/ 卡.noon.爹/ 亞.即/ 知.mool/ 晏/ 沙.唷]

침

音 [침]

羅 chim

諧 簽

意 唾液、口水[1]．針（中醫針灸）2．針、刺針（電子）3

名 外〔chip〕[1]　名 外〔鍼〕[2]　名 外〔針〕[3]

討厭在街頭吐口水的人。

길거리에서 침을 뱉는 사람이 싫어요 .

[길꺼리에서　　치믈　밴는　사라미　　시러요]
[gil.kkeo.ri.e.seo/ chi.meul/ baen.neun/ sa.ra.mi/ si.reo.yo]
[kill.哥.lee.誒.梳/ 痴.mool/ pan.noon/ 沙.啦.me/ 思.raw.唷]

哥哥看到一個拖著行李走過的漂亮女人就流口水了。

오빠는 짐을 끌고 지나가는 예쁜 여자를 보고 침을 흘렸어요 .

[오빠는　지믈　끌고　지나가는　　녜쁜　녀자를　　보고　치믈　흘려써요]
[o.ppa.neun/ ji.meul/ kkeul.go/ ji.na.ga.neun/ nye.ppeun/ nyeo.ja.reul/ bo.go/ chi.meul/ heul.lyeo.sseo.yo]
[哦.爸.noon/ 似.mool/ (姑 L).固/ 似.那.卡.noon/ 夜.搬/ (knee-all).炸.rule/ 破.個/ 痴.mool/ who.(lee-all).傻.唷]

집

音 [집]

羅 jip

諧 妾

意 家、房屋、窩、巢[1]．輯（雜誌、唱片等次序單位）2　名 固有語[1]　依 漢〔輯〕[2]

喜歡明亮又寬敞的房子。

밝고 넓은 집이 좋아요 .

[발꼬　널븐　지비　조아요]
[bal.kko/ neol.beun/ ji.bi/ jo.a.yo]
[(帕 L).哥/ (挪 L).搬/ 似.bee/ 錯.亞.唷]

칩

音 [칩]

羅 chip

諧 chip

意 脆片（零食）1．晶片（電子）2　名 外〔chip〕[1,2]

薯片香脆可口又美味。

감자 칩이 바삭바삭하고 맛있어요 .

[감자　치비　바삭빠사카고　　마시써요]
[gam.ja/ chi.bi/ ba.sak.ppa.sa.ka.go/ ma.si.sseo.yo]
[琴.炸/ 痴.bee/ 怕.殺.爸.沙.卡.個/ 罵.思.傻.唷]

在家一邊吃薯片，一邊看足球賽。

집에서 감자 칩을 먹으면서 축구 경기를 봐요 .

[지베서　감자　치블　머그면서　　축꾸　경기를　　봐요]
[ji.be.seo/ gam.ja/ chi.beul/ meo.geu.myeon.seo/ chuk.kku/ gyeong.gi.reul/ bwa.yo]
[似.啤.梳/ 琴.炸/ 痴.bull/ 磨.固.(me-on).梳/ 促.姑/ (gi-yawn).gi.rule/ (破-亞).唷]

호수

音 [호수][1]
[호:수][2,3]
羅 ho.su
諧 呵.sue

意 湖[1]・戶數[2]・號數[3]　名 漢〔湖水〕[1]　名 漢〔戶數〕[2]　名 漢〔號數〕[3]

一山湖水公園以東方最大的人工湖而聞名。

일산 호수공원은 동양 최대의 인공 호수로 유명해요 .

[일산　호수공워는　동양　최대에　인공　호수로　유명해요]
[il.san/ ho.su.gong.wo.neun/ dong.yang/ choe.dae.e/ in.gong/ ho.su.ro/ yu.myeong.hae.yo]
[ill.山/ 呵.sue.共.喎.noon/ 同.young/ (處-where).爹.誒/ 燕.公/ 呵.sue.raw/ you.(me-yawn).hea.唷]

호주

音 [호주]
[호:주][2]
羅 ho.ju
諧 呵.jew

意 澳洲[1]・戶主[2]　名 漢〔濠洲〕[1]　名 漢〔戶主〕[2]

退休後想去澳洲生活。

은퇴 후 호주에 가서 살고 싶어요 .

[은퉤　후　호주에　가서　살고　시퍼요]
[eun.twe/ hu/ ho.ju.e/ ga.seo/ sal.go/ si.peo.yo]
[換.(to-where)/ who/ 呵.jew.誒/ 卡.梳/ (沙 L).個/ 思.破.唷]

澳洲有渲染著粉紅色的美麗的湖。

호주에는 핑크빛으로 물든 아름다운 호수가 있어요 .

[호주에는　핑크비츠로　물드　나름다운　호수가　이써요]
[ho.ju.e.neun/ ping.keu.bi.cheu.ro/ mul.deu/ na.reum.da.un/ ho.su.ga/ i.sseo.yo]
[呵.jew. 誒.noon/ 拼.籬.bee.choo.raw/ mool.噸/ 亞.room.打.換/ 呵.sue.加/ 易.傻.唷]

韓語知多點

韓國住宅的種類

韓文	意思	韓文	意思
한옥	韓屋〔韓屋〕	**빌라**	別墅〔villa〕
양옥	洋樓〔洋屋〕	**오피스텔**	酒店式商務公寓〔office-tel〕
아파트	公寓〔apartment〕	**원룸**	單間房〔one-room〕
주택	獨立屋〔住宅〕	**고시원**	考試院〔考試院〕

3.3

發音相似・收音篇

收音雖然只分成七種，但有一些是同音的，例如：「ㄱ，ㅋ，ㄲ」作為收音的話，同樣是唸成「k」音，所以「박，밬，밖」都是唸成「bak［拍］」，在記單字上是很困難的一部分。同音的收音，沒辦法，就是要背寫法。但也有一些是發音相似的發音，像「ㄴ [n], ㅁ [m], ㅇ [ng]」這三個就是最容易搞亂的，三個音其實都不同，口型也不同，但聽起來很相似，所以學好發音是背單字的基礎啊！

①ㄱ [k] ㅋ [k] ㄲ [k]　　例如：박，밬，밖 都唸成 [bak]

②ㅂ [k] ㅍ [k]　　例如：입，잎 都唸成 [ip]

③ㄷ [t] ㅌ [t] ㅈ [t] ㅊ [t]

ㅅ [t] ㅆ [t] ㅎ [t]　　例如：앋，앝，앚，앛，앗，았，앟 都唸成 [at]

④ㄴ [n] ㅁ [m] ㅇ [ng]　　例如：반 [ban], 밤 [bam], 방 [bang]

곰

音 [곰:]
羅 gom
諧 koom

意 熊　名 固有語

去動物園的話，可以看到熊。
동물원에 가면 곰을 볼 수 있어요 .
[동무뤄네　가면　고믈　볼　쑤　이써요]
[dong.mu.rwo.ne/ ga.myeon/ go.meul/ bol/ ssu/ i.sseo.yo]
[同.moo.raw.呢/ 卡.(me-on)/ call.mool/ ball/ sue/ 易.傻.唷]

공

音 [공:][1] [공][2,3,4]
羅 gong
諧 窮

意 球、皮球[1]・零、空、泡影[2]・功勞、工夫、心血[3]・公共、公家、公眾的[4]
名 固有語[1]　名 漢〔空〕[2]　名 漢〔功〕[3]　名 漢〔公〕[4]

踢足球時被球擊中了。
축구를 하다가 공에 맞았어요 .
[축꾸를　하다가　공에　마자써요]
[chuk.kku.reul/ ha.da.ga/ gong.e/ ma.ja.sseo.yo]
[促.姑.rule/ 哈.打.加/ 窮.誒/ 罵.渣.傻.唷]

看了熊拿著球耍玩的影片。
곰이 공을 가지고 노는 영상을 봤어요 .
[고미　공을　가지고　노는　녕상을　봐써요]
[go.mi/ gong.eul/ ga.ji.go/ no.neun/ nyeong.sang.eul/ bwa.sseo.yo]
[call.me/ 窮.(嗚 L)/ 卡.知.個/ 挪.noon/ (knee-yawn).生.(嗚 L)/ (破-哇).傻.唷]

文化知多點

在韓國，有一首家傳互曉的國民兒歌，叫做《三隻小熊（곰세마리）》，來一起學唱吧！

곰 세 마리
三隻小熊

詞曲：不詳
歌名：不詳

사람 · 사랑

人 · 愛

오빠, "사람해요"
哥哥，做「人」。
나도 "사랑해 " 넌 영원한 내 "사람"이야.
我也「愛」你。
你永遠是我的「人」。

Fun 分 辨法

人有一「口」，有「緣（圓）」生愛

傻傻 FUN 不清楚？

一開始學韓文，發現有幾個發音很相似，也很難分辨，尤其是收音（又稱終聲）部分，那就是「ㅁ、ㄴ、ㅇ」三個鼻音。總是會有人把「**사랑**（愛）」唸成「**사람**（人）」，就像漫畫裏的女孩，向男孩表白的時候，明明想說「**사랑해요**（我愛你）」，卻因為發音不好，說成「**사람해요**」，字面拆開來解釋的話是「做人」的意思，但其實跟本沒有這樣的說法，所以是不對的句子。

其實，「ㅁ、ㄴ、ㅇ」三個鼻音要發得標準，稍微注意一下嘴型就可以，作為收音時，發「ㅁ（m）」音時，雙唇合上，嘴巴應該是閉著的，如粵語的「含」字，就是以「ㅁ（m）」作收音；發「ㄴ（n）」音時，嘴巴稍開，舌頭會踫到牙齒，如粵語的「閒」字，就是以「ㄴ（n）」作收音；而發「ㅇ（ng）」音時，嘴巴打開，就粵語「恆」的音就是「ㅇ（ng）」作收音。只要嘴型做對了，就可以發出準確的音啊！

사람

音 [사:람]

羅 sa.ram

諧 沙.林

意 人、人物、人才

名 固有語

我是香港人。

저는 홍콩 사람이에요 .

[저는 홍콩 사라미에요]

[jeo.neun/ hong.kong/ sa.ra.mi.e.yo]

[錯.noon/ 空.cone/ 沙.啦.me.誒.唷]

사랑

音 [사랑]

羅 sa.rang

諧 沙.冷

意 愛、愛情、愛戀、慈愛[1]．舍廊（家裏男人的房間或男人專用的客房）2

名 固有語[1]　名 漢〔舍廊〕[2]

我家是充滿愛的家庭。

우리 집은 사랑이 넘치는 집안이에요 .

[우리 지븐 사랑이 넘치는 지바니에요]

[u.ri/ ji.beun/ sa.rang.i/ neom.chi.neun/ ji.ba.ni.e.yo]

[嗚.lee/ 似.搬/ 沙.冷.姨/ norm.痴.noon/ 似.爸.knee.誒.唷]

只有遇見好的人才能得到愛。

좋은 사람을 만나야 사랑을 받을 수 있어요 .

[조은 사라믈 만나야 사랑을 바들 쑤 이써요]

[jo.eun/ sa.ra.meul/ man.na.ya/ sa.rang.eul/ ba.deul/ ssu/ i.sseo.yo]

[嘈.換/ 沙.啦.mool/ 慢.那.也/ 沙.冷(嗚 L)/ 怕.dul/ sue/ 易.傻.唷]

반

音 [반][1] [반ː][2]
羅 ban
諧 盼

意 班、班級[1]·半、一半[2] 名 漢〔班〕[1] 名 漢〔半〕[2]

週末和班上的同學出遊了。

주말에 반 친구랑 나들이를 갔어요 .

[주마레 반 친구랑 나드리를 가써요]
[ju.ma.re/ ban/ chin.gu.rang/ na.deu.ri.reul/ ga.sseo.yo]
[choo.媽.哩/ 盼/ 千.姑.冷/ 拿.do.lee.rule/ 卡.傻.唷]

밤

音 [밤][1] [밤ː][2]
羅 bam
諧 palm*
* 怕~m

意 夜晚、晚上[1]、夜間·栗子[2] 名 固有語[1,2]

工作到很晚的人很多。

밤늦게까지 일하는 사람이 많아요 .

[밤는께까지 일하는 사라미 마나요]
[bam.neut.kke.kka.ji/ il.ha.neun/ sa.ra.mi/ ma.na.yo]
[palm.nude.嘅.加.知/ ill.哈.noon/ 沙.啦.me/ 罵.那.唷]

방

音 [방][1] [방ː][2]
羅 bang
諧 彭

意 房間、居室[1]·放（槍、炮彈、爆藥的爆放次數單位）2．放（拍照、放屁、拳頭次數單位）2
名 漢〔房〕[1] 依 漢〔放〕[2]

我的房間又乾淨又整齊。

제 방이 깨끗하고 깔끔해요 .

[제 방이 깨끄타고 깔끔해요]
[je/ bang.i/ kkae.kkeu.ta.go/ kkal.kkeum.hae.yo]
[斜/ 朋.姨/ 嘅.姑.他.個/ (加 L).姑.咩.唷]

通常晚上十點半的時候進房間休息。

보통 밤 열 시 반에 방에 들어가서 쉬어요 .

[보통 밤 녈 씨 바네 방에 드러가서 쉬어요]
[bo.tong/ bam/ nyeol/ ssi/ ba.ne/ bang.e/ deu.reo.ga.seo/ swi.eo.yo]
[破.通/ palm/ (knee-all)/ 思/ 怕.呢/ 彭.誒/ to.raw.嫁.梳/ she.哦.唷]

3.4

發音相似・同音篇

同音不同寫法的詞彙的大致可以分兩種，一是發音相似度幾乎可以說是一樣的母音，例如：

① ㅔ [e]　　ㅐ [ae]　　都唸成類似「誒」的音

② ㅖ [ye]　　ㅒ [yae]　　都唸成類似「夜」的音

③ ㅞ [we]　　ㅙ [wae]　　ㅚ [oe]　　都唸成類似「where」的音

嚴格來說，他們是不同的發音，但由於日常生活說話速度快，很難分辨差異，幾乎都當作一樣來唸，可是寫法不能一樣啊！另一種就是因為收音發音相同而導致同音不同字不同意思。

개

音 [개:][1]
[개][2]

羅 gae

諧 騎

意 狗[1]．個、顆、塊[2]　名 固有語[1]　依 漢〔個／箇／介〕[2]

我的狗看見陌生人就會大聲吠。

우리 개는 낯선 사람을 보면 크게 짖어요 .

[우리 개는 낟썬 사라믈 보면 크게 지저요]
[u.ri/ gae.neun/ nat.sseon/ sa.ra.meul/ bo.myeon/ keu.ge/ ji.jeo.yo]
[嗚.lee/ 騎.noon/ nut.sean/ 沙.啦.mool/ 破.(me-on)/ 箍.嘅/ 似.助.唷]

게

音 [게:]

羅 ge

諧 騎

意 螃蟹　名 固有語

在泥灘上抓過螃蟹。

갯벌에서 게를 잡아 본 적이 있어요 .

[갣뻐레서 게를 자바 본 저기 이써요]
[gaet.ppeo.re.seo/ ge.reul/ ja.ba/ bon/ jeo.gi/ i.sseo.yo]
[cat.波.哩.梳/ 騎.rule/ 查.吧/ 判/ 助.gi/ 易.傻.唷]

雖然喜歡吃蟹做的料理，但是吃不了狗肉。

게 요리는 좋아하지만 개고기는 먹지 못해요 .

[게 요리는 조아하지만 개고기는 먹찌 모태요]
[ge/ yo.ri.neun/ jo.a.ha.ji.man/ gae.go.gi.neun/ meok.jji/ mo.tae.yo]
[騎/ 唷.lee.noon/ 醬.亞.哈.知.蚊/ 騎.個.gi.noon/ 莫.知/ 磨.tare.唷]

매일

音 [매:일]

羅 mae.il

諧 咩.ill

意 每日、每天　名 漢〔每日〕

每天睡覺之前看書。

매일 자기 전에 책을 읽어요 .

[매일 자기 저네 채글 릴거요]
[mae.il/ ja.gi/ jeo.ne/ chae.geul/ lil.geo.yo]
[咩.ill/ 查.gi/ 錯.呢/ 車.(固 L)/ ill.哥.唷]

메일

音 [메일]

羅 me.il

諧 咩.ill

意 電子郵件　名 外〔mail〕

請透過電子郵件發送履歷表給我。

이력서는 메일로 보내 주세요 .

[이력써는 메일로 보내 주세요]
[i.ryeok.sseo.neun/ me.il.lo/ bo.nae/ ju.se.yo]
[易.(lee-york).梳.noon/ 咩.ill.囉/ 破.呢/ choo.些.唷]

每天到公司的時候，先打開電腦確認郵件。

매일 회사에 도착하면 먼저 컴퓨터를 켜고 메일을 확인해요 .

[매일 훼사에 도차카면 먼저 컴퓨터를 켜고 메이를 화긴해요]
[mae.il/ hwe.sa.e/ do.cha.ka.myeon/ meon.jeo/ keom.pyu.teo.reul/ kyeo.go/ me.i.reul/ hwa.gin.hae.yo]
[咩.ill/ (who-where).沙.誒/ 陀.差.卡.(me-on)/ mon.助/ com.(pee-you).拖.rule/ (key-all).個/ 咩.姨.rule/ (who-哇).見.hea.唷]

빗

音 [빋]
羅 bit
諧 撇

意 梳子　名 固有語

外出前用梳子把頭髮梳整齊。

외출 전에 빗으로 단정하게 머리를 빗어요 .

[웨출 저네 비스로 단정하게 머리를 비서요]
[we.chul/ jeo.ne/ bi.seu.ro/ dan.jeong.ha.ge/ meo.ri.reul/ bi.seo.yo]
[where.chool/ 錯.呢/ pee.sue.raw/ 彈.裝.哈.嘅/ 磨.lee.rule/ pee.梳.唷]

빚

音 [빋]
羅 bit
諧 撇

意 債、負債、欠債　名 固有語

為了儘快償還債務，我正在做三份兼職。

빚을 빨리 갚으려고 아르바이트를 세 개나 하고 있어요 .

[비즐 빨리 가프려고 아르바이트를 세 개나 하고 이써요]
[bi.jeul/ ppal.li/ ga.peu.ryeo.go/ a.reu.ba.i.teu.reul/ se/ gae.na/ ha.go/ i.sseo.yo]
[pee.jool/ (爸 L).lee/ 卡.pool.(lee-all).個/ 亞.rule.爸.姨.to.rule/ 些/ 嘅.那/ 哈.個/ 易.傻.唷]

빛

音 [빋]
羅 bit
諧 撇

意 光、光線[1]・目光[2]・色、顏色[3]・臉色、神色[4]　名 固有語[1,2,3,4]

晚上因為路燈的光線微弱，所以一個人出入時有點害怕。

밤에는 가로등 빛이 약해서 혼자 다닐 때 좀 무서워요

[바메는 가로등 비치 야캐서 혼자 다닐 때 좀 무서워요]
[ba.me.neun/ ga.ro.deung/ bi.chi/ ya.kae.seo/ hon.ja/ da.nil/ ttae/ jom/ mu.seo.wo.yo]
[怕.咩.noon/ 卡.raw.冬/ pee.痴/ 也.茄.梳/ hound.炸/ 他.nil/ 爹/ joom/ moo.梳.喎.唷]

自從欠債以後，臉色陰沉，連用梳子梳頭注意外貌的時間也沒有。

빚을 진 이후로는 낯빛이 어둡고 빗으로 머리를 빗어 외모에 신경 쓸 시간도 없어요 .

[비즐 진 니후로는 낟삐치 어둡꼬 비스로 머리를 비서 웨모에 신경 쓸 씨간도 업써요]
[bi.jeul/ jin/ ni.hu.ro.neun/ nat.ppi.chi/ eo.dup.kko/ bi.seu.ro/ meo.ri.reul/ bi.seo/ we.mo.e/ sin.gyeong/ sseul/ ssi.gan.do/ eop.sseo.yo]
[pee.jool/ 錢/ knee.who.raw.noon/ nut.bee.痴/ 餓.dobe.哥/ pee.sue.raw/ 磨.lee.rule/ pee.梳/ where.麼.誒/ 先.(gi-yawn)/ sool/ 思.間.多/ op.傻.唷]

입

音 [입]

羅 ip

諧 葉

意 口、嘴巴、話題、口味　名 固有語

嘴巴裏嚼着口香糖。

입에 껌을 씹고 있어요 .

[이베　꺼믈　씹꼬　이써요]

[i.be/ kkeo.meul/ ssip.kko/ i.sseo.yo]

[易.啤/ 哥.mool/ ship.哥/ 易.傻.唷]

잎

音 [입]

羅 ip

諧 葉

意 葉子　名 固有語

拾了一片楓葉作書籤用。

단풍잎을 하나 주워서 책갈피로 써요 .

[단풍니플　하나　주워서　책깔피로　써요]

[dan.pung.ni.peul/ ha.na/ ju.wo.seo/ chaek.kkal.pi.ro/ sseo.yo]

[嘆.蹤.knee.pool/ 哈.那/ choo.喎.梳/ 赤.(加 L).pee.raw/ 梳.唷]

躺在樹下，一片樹葉掉下，落在我的嘴巴上。

나무 밑에 누워 있는데 나뭇잎 하나가 제 입 위로 떨어졌어요 .

[나무　미테　누워　인는데　나문니　파나가　제　이　뷔로　떠러져써요]

[na.mu/ mi.te/ nu.wo/ in.neun.de/ na.mun.ni/ pa.na.ga/ je/ i/ bwi.ro/ tteo.reo.jyeo.sseo.yo]

[拿.moo/ me.tare/ noo.喎/ 燕.noon.爹/ 拿.門.knee/ 趴.那.加/ 斜/ 葉/ we.raw/ 多.raw.助.傻.唷]

팬

音 [팬]

羅 paen

諧 pan

意 迷、愛好者、崇拜者 (俗稱：粉絲) 1 · 風扇 2 · 平底鍋 3

外 漢〔fan*〕1,2　* 韓語中沒有「f」的發音，因此會發聲「p」音　名 外〔pan〕3

那位歌手對粉絲們很好。

그 가수는 팬들에게 아주 잘해 줘요 .

[그 가수는　팬드레게　아주　잘해　줘요]

[geu/ ga.su.neun/ paen.deu.re.ge/ a.ju/ jal.hae/ jwo.yo]

[箍/ 卡.sue.noon/ pan.do.哩.嘅/ 亞.jew/ 查.哩/ 錯.唷]

펜

音 [펜]

羅 pen

諧 pen

意 筆　名 外〔pen〕

最近用筆直接寫信的人很少。

요즘 펜으로 직접 편지를 쓰는 사람이 드물어요 .

[요즘　페느로　직쩝　편지를　쓰는　사라미　드무러요]

[yo.jeum/ pe.neu.ro/ jik.jjeop/ pyeon.ji.reul/ sseu.neun/ sa.ra.mi/ deu.mu.reo.yo]

[唷.joom/ pair.noo.raw/ cheek.job/ (pee-on).知.rule/ sue.noon/ 沙.啦.me/ to.moo.raw.唷]

那位歌手用筆在粉絲的日記上簽名了。

그 가수는 펜으로 팬의 다이어리에 사인해 줬어요 .

[그 가수는　페느로　패네　다이어리에　사인해　줘써요]

[geu/ ga.su.neun/ pe.neu.ro/ pae.ne/ da.i.eo.ri.e/ sa.in.hae/ jwo.sseo.yo]

[箍/ 卡.sue.noon/ pair.noo.raw/ pair.呢/ 他.姨.哦.lee.誒/ 沙.姨.呢/ 錯.傻.唷]

3.5

發音相似・形音相似篇

這部分的詞彙不是單一個母音、子音或收音的發音相似，而是寫法明明不同，看起來卻很相似，發音也聽起來容易寫錯的詞彙。例如：

① 多了一個收音的詞彙，例如：「어제·언제」、「바지·반지」、「아내·안내」

② 音似字不同，例如：「야구·약국」、「잡지·접시」、「현재·형제」

가을

音 [가을]
羅 ga.eul
諧 卡*.(嗚 L)
* 粵語「琴 (kam4)」的「ka」音

意 秋天、秋季　名 固有語

秋天天氣涼快，所以很好。
가을에는 날씨가 시원해서 좋아요 .
[가으레는　날씨가　시원해서　조아요]
[ga.eu.re.neun/ nal.ssi.ga/ si.won.hae.seo/ jo.a.yo]
[卡.嗚.哩.noon/ (拿 L).思.加/ 思.won.hea.梳/ 錯.亞.喲]

거울

音 [거울]
羅 geo.ul
諧 call*.(嗚 L)
* 粵語「抗 (kong3)」的「ko」音

意 鏡子　名 固有語

女人們在出門前花很多時間在鏡子前。
여자들은 외출 전에 거울 앞에서 많은 시간을 보내요 .
[여자드르　눼출　저네　거우　라페서　마는　시가늘　보내요]
[yeo.ja.deu.reu/ we.chul/ jeo.ne/ geo.u/ ra.pe.seo/ ma.neun/ si.ga.neul/ bo.nae.yo]
[喲.炸.do.論/ where.chool/ 錯.呢/ call.嗚/ 啦.pair.梳/ 罵.noon/ 思.加.nool/ 破.呢.喲]

겨울

音 [겨울]
羅 gyeo.ul
諧 (key*-all).(嗚 L)
* 粵語「虔 (kin4)」的「ki」音

意 冬天、冬季　名 固有語

冬天很冷，所以不想出去。
겨울에는 추워서 밖에 나가기 싫어요 .
[겨우레는　추워서　바께　나가기　시러요]
[gyeo.u.re.neun/ chu.wo.seo/ ba.kke/ na.ga.gi/ si.reo.yo]
[(key-all).嗚.哩.noon/ choo.喎.梳/ 怕.嘅/ 拿.加.gi/ 思.raw.喲]

無論是秋天還是冬天，總是需要鏡子的。
가을이든 겨울이든 거울은 항상 필요해요 .
[가으리든　겨우리든　거우른　항상　피료해요]
[ga.eu.ri.deun/ gyeo.u.ri.deun/ geo.u.reun/ hang.sang/ pi.ryo.hae.yo]
[卡.嗚.lee.頓/ (key-all).嗚.lee.頓/ call.嗚.論/ 亨.生/ pee.(lee-all).hea.喲]

고향

音 [고향]
羅 go.hyang
諧 call.(he-young)

意 故鄉　名 漢〔故鄉〕

釜山是我的故鄉。
부산은 제 고향이에요 .
[부사는　제　고향이에요]
[bu.sa.neun/ je/ go.hyang.i.e.yo]
[pull.沙.noon/ 斜/ call.(he-young).易.誒.唷]

고양이

音 [고양이]
羅 go.yang.i
諧 call.young.姨

意 貓　名 固有語

貓兒「喵～」叫喊著。
고양이가 "야옹 ~" 하고 울어요 .
[고양이가　야옹　하고　우러요]
[go.yang.i.ga/ ya.ong/ ha.go/ u.reo.yo]
[call.young.姨.加/ 也.own/ 哈.個/ 嗚.raw.唷]

在故鄉老家養了三隻貓。
고향 집에서는 고양이를 세 마리 키웠어요 .
[고향　찌베서는　고양이를　세　마리　키워써요]
[go.hyang/ jji.be.seo.neun/ go.yang.i.reul/ se/ ma.ri/ ki.wo.sseo.yo]
[call.(he-young)/ 知.啤.梳.noon/ call.young.姨.rule/ 些/ 罵.lee/ key.喎.梳.唷]

韓語知多點

韓國春、夏、秋、冬四季分明，風景明媚，是旅遊的好季節（계절）。

春天	夏天	秋天	冬天
봄	여름	가을	겨울

기침 · 김치

咳嗽 · 泡菜

제가 좋아하는 한국 음식은 "기침"이에요.
我喜歡的韓國食物是「咳嗽」。
("기침" 소리)
（「咳嗽」聲音）
"김치" 좋아하는구나. 김치찌개 먹으러 갈까?
原來你喜歡吃「泡菜」。要去吃泡菜鍋嗎？

Fun 分 辨法

吃泡菜不會咳嗽

기침

音 [기침]
羅 gi.chim
諧 key*.簽
*粵語「虔 (kin4)」的「ki」音

意 咳嗽[1]・起床[2]　名 固有語[1]　名 漢〔起枕〕[2]

感冒了，所以咳嗽得很厲害。
감기에 걸려서 기침을 많이 해요 .
[감기에　걸려서　기치믈　마니　해요]
[gam.gi.e/ geol.lyeo.seo/ gi.chi.meul/ ma.ni/ hae.yo]
[琴.gi.誒/ call.(lee-all).梳/ key.痴.mool/ 罵.knee/ hea.唷]

김치

音 [김치]
羅 gim.chi
諧 箝.痴

意 泡菜　名 固有語

泡菜雖然好吃，但是太辣了。
김치는 맛있지만 너무 매워요 .
[김치는　마싣찌만　너무　매워요]
[gim.chi.neun/ ma.sit.jji.man/ neo.mu/ mae.wo.yo]
[箝.痴.noon/ 罵.泄.知.蚊/ 挪.moo/ 咩.喎.唷]

吃了辣的泡菜，喉嚨癢得一直咳嗽。
매운 김치를 먹었더니 목이 간지러워서 기침을 계속 해요 .
[매운　김치를　머걷떠니　모기　간지러워서　기치믈　계소　캐요]
[mae.un/ gim.chi.reul/ meo.geot.tteo.ni/ mo.gi/ gan.ji.reo.wo.seo/ gi.chi.meul/ gye.so/ kae.yo]
[咩.換/ 箝.痴.rule/ 磨.割.多.knee/ 磨.gi/ 勤.知.raw.喎.梳/ key.痴.mool/ 騎.淑/ 騎.唷]

文化知多點

韓國的「泡菜（김치）」種類繁多，因應不同材料及不同的醃製方法而有所不同，名稱也會不同。每年約 11 月初，韓國人都會抽一天來製作泡菜，而且都是大量製作，用以過冬，這韓國傳統飲食文化稱為「越冬泡菜（김장）」，被列入 UNESCO 聯合國教科文組織的人類非物質文化遺產名錄。

辣白菜泡菜	蘿蔔粒泡菜	青瓜泡菜	蘿蔔絲泡菜
배추김치	깍두기	오이소박이	무생채

날씨

音 [날씨]
羅 nal.ssi
諧 (拿L).思

意 天氣　名 固有語

天氣很好，我們去騎單車好嗎？
날씨가 좋으니 자전거를 타러 갈까요？
[날씨가　조으니　자전거를　타러　갈까요]
[nal.sssi.ga/ jo.eu.ni/ ja.jeon.geo.reul/ ta.reo/ gal.kka.yo]
[(拿L).思.加/ 錯.嗚.knee/ 查.john.哥.rule/ 他.raw/ (卡L).加.唷]

날씬하다

音 [날씬하다]
羅 nal.ssin.ha.da
諧 (拿L).先.哈.打

意 苗條　形 固有語

姐姐又苗條又漂亮。
누나는 날씬하고 예뻐요 .
[누나는　날씬하고　예뻐요]
[nu.na.neun/ nal.ssin.ha.go/ ye.ppeo.yo]
[noo.娜.noon/ (拿L).先.哈.個/ 夜.波.唷]

在炎熱的天氣裏，去游泳池的話會看到很多苗條的小姐。
더운 날씨에는 수영장에 가면 날씬한 아가씨들이 많이 보여요 .
[더운　날씨에는　수영장에　가면　날씬하　나가씨드리　마니　보여요]
[deo.un/ nal.ssi.e.neun/ su.yeong.jang.e/ ga.myeon/ nal.ssin.ha/ na.ga.ssi.deu.ri/ ma.ni/ bo.yeo.yo]
[陀.換/ (拿L).思.誒.noon/ sue.yawn.爭.誒/ 卡.(me-on)/ (拿L).先.慳/ 亞.加.思do.lee/ 罵.knee/ 破.唷.唷]

도서관

音 [도서관]
羅 do.seo.gwan
諧 陀.梳.慣

意 圖書館　名 漢〔圖書館〕

在圖書館做功課或者學習。
도서관에서 숙제를 하거나 공부해요 .
[도서과네서　숙쩨를　하거나　공부해요]
[do.seo.gwa.ne.seo/ suk.jje.reul/ ha.geo.na/ gong.bu.hae.yo]
[陀.梳.掛.呢.梳/ 叔.姐.rule/ 哈.哥.那/ 窮.bull.hea.唷]

대사관

音 [대:사관]
羅 dae.sa.gwan
諧 tare.沙.慣

意 大使館　名 漢〔大使館〕

明洞有中國大使館。
명동에는 중국 대사관이 있어요 .
[명동에는　중국　때사과니　이써요]
[myeong.dong.e.neun/ jung.guk/ ttae.sa.gwa.ni/ i.sseo.yo]
[(me-yawn).洞.誒.noon/ 從.谷/ 爹.沙.掛.knee/ 易.梳.唷]

我打算在大使館辦完要辦的事後去圖書館。
대사관에서 볼 일을 마치고 도서관에 갈 예정이에요 .
[대사과네서　볼　리를　마치고　도서과네　갈　례정이에요]
[dae.sa.gwa.ne.seo/ bol/ li.reul/ ma.chi.go/ do.seo.gwa.ne/ gal/ lye.jeong.i.e.yo]
[tare.沙.掛.呢.梳/ (破L)/ lee.rule/ 罵.痴.個/ 陀.梳.掛.呢/ (卡L)/ 哩.撞.易.誒.唷]

만나요

音 [만나요]
羅 man.na.yo
諧 慢.那.唷

意 見面、會面　動 固有語 (만나다)

通常有時間的話，會見朋友。
보통 시간이 있으면 친구를 만나요 .
[보통 시가니 이쓰면 친구를 만나요]
[bo.tong/ si.ga.ni/ i.sseu.myeon/ chin.gu.reul/ man.na.yo]
[破.通/ 思.加.knee/ 易.sue.(me-on)/ 千.固.rule/ 慢.那.唷]

많아요

音 [마나요]
羅 ma.na.yo
諧 罵.那.唷

意 多　形 固有語 (많다)

比起韓國朋友，外國朋友更多。
한국인 친구보다 외국인 친구가 더 많아요 .
[한구긴 친구보다 웨구긴 친구가 더 마나요]
[han.gu.gin/ chin.gu.bo.da/ we.gu.gin/ chin.gu.ga/ deo/ ma.na.yo]
[慳.姑.見/ 千.姑.破.打/ where.姑.見/ 千.姑.加/ 陀/ 罵.那.唷]

這次韓國旅行將要見很多人。
이번 한국 여행은 만나야 할 사람이 많아요 .
[이번 한궁 녀행은 만나야 할 싸라미 마나요]
[i.beon/ han.gung/ nyeo.haeng.eun/ man.na.ya/ hal/ ssa.ra.mi/ ma.na.yo]
[易.born/ 慳.公/ (knee-all).輕.換/ 慢.那.也/ (哈 L)/ 沙.啦.me/ 罵.那.唷]

바지

音 [바지]
羅 ba.ji
諧 怕.知

意 褲子　名 固有語

夏天時更加多穿裙子以代替褲子。
여름에는 바지 대신 치마를 많이 입어요 .
[여르메는 바지 대신 치마를 마니 이버요]
[yeo.reu.me.neun/ ba.ji/ dae.sin/ chi.ma.reul/ ma.ni/ i.beo.yo]
[唷.room. 咩.noon/ 怕.知/ tare.先/ 痴.媽.rule/ 罵.knee/ 易.波.唷]

반지

音 [반지]
羅 ban.ji
諧 盼.知

意 戒指　名 漢 (半指 / 斑指)

跟男朋友配了情侶戒指。
남자 친구랑 커플 반지를 맞췄어요 .
[남자 친구랑 커플 반지를 맏춰써요]
[nam.ja/ chin.gu.rang/ keo.peul/ ban.ji.reul/ mat.chwo.sseo.yo]
[男.炸/ 千.固.冷/ call.pull/ 盼.知.rule/ 勿.初.傻.唷]

把放在褲袋裏的戒指弄丟了。
바지 주머니에 넣어 두었던 반지를 잃어버렸어요 .
[바지 주머니에 너어 두얻떤 반지를 리러버려써요]
[ba.ji/ ju.meo.ni.e/ neo.eo/ du.eot.tteon/ ban.ji.reul/ li.reo.beo.ryeo.sseo.yo]
[怕.知/ choo.麼.knee.誒/ 挪.柯/ to.odd.don/ 盼.知.rule/ 易.囉.播.(lee-all).傻.唷]

숟가락 · 손가락

匙羹 · 手指

오빠, 결혼 반지 끼는
"숟가락"은 뭐라고 해요?
哥哥，戴上結婚戒指的「匙羹」叫什麼？
그 "손가락"은 약지라고 해.
"숟가락"은 밥 먹을 때 쓰지.
那根「手指」叫無名指。
「匙羹」是吃飯的時候用的。

손가락

音 [손까락]
羅 son.kka.rak
諧 詢.加.勒

意 手指　名 固有語

如果手指漂亮的話，能成為戒指廣告的模特兒。
손가락이 예쁘면 반지 광고 모델이 될 수 있어요 .
[손까라기　예쁘면　반지　광고　모데리　뒐　쑤　이써요]
[son.kka.ra.gi/ ye.ppeu.myeon/ ban.ji/ gwang.go/ mo.de.ri/ dwel/ ssu/ i.sseo.yo]
[詢.加.啦.gi/ 夜.bull.(me-on)/ 盼.知/ 逛.個/ 磨.爹.lee/ (to-well)/ sue/ 易.傻.唷]

숟가락

音 [숟까락]
羅 sut.kka.rak
諧 恤.加.勒

意 匙羹、勺子　名 固有語

韓國是用匙羹來喝湯或吃飯。
한국은 숟가락으로 탕이나 밥을 먹어요 .
[한구근　숟까라그로　탕이나　바블　머거요]
[han.gu.geun/ sut.kka.ra.geu.ro/ tang.i.na/ ba.beul/ meo.geo.yo]
[慳.姑.官/ 恤.加.啦.固.囉/ tounge.易.那/ 怕.bull/ 磨.哥.唷]

鐵製的匙羹太燙了，所以手指燙傷了。
철로 만든 숟가락이 너무 뜨거워서 손가락을 데었어요 .
[철로　만든　숟까라기　너무　뜨거워서　손까라글　데어써요]
[cheol.lo/ man.deun/ sut.kka.ra.gi/ neo.mu/ tteu.geo.wo.seo/ son.kka.ra.geul/ de.eo.sseo.yo]
[(初 L).囉/ 慢.頓/ 恤.加.啦.gi/ 挪.moo/ do.哥.喎.梳/ 詢.加.啦.(固 L)/ tare.柯.傻.唷]

韓語知多點

韓國餐桌禮儀

① **不能端起飯碗吃飯或喝湯**
韓國的飯碗和湯碗一般以瓷或不鏽鋼製成，所以端著會比較重。另外，也有一說是韓國人認為端起飯碗吃飯像乞丐「討飯」的行為，所以就算是喝湯也會用湯匙一口一口喝掉。

② **以湯匙舀飯和湯**
韓國人習慣以湯匙舀飯和湯，以筷子來夾取餸菜，並不能同時間用筷子和湯匙，所以要把菜夾到飯碗裏或嘴巴裏，然後把筷子放在桌子上，再拿起湯匙吃飯，切忌把筷子或湯匙插在碗裏，也不能一隻手同時拿著筷子和湯匙交替使用。

쉬다

音 [쉬:다]

羅 swi.da

諧 she.打

意 休息、歇息、放假 [1]、呼吸 [2]、嗓子沙啞 [3]、食物變壞發出味道 [4]　動 固有語 [1,2,3,4]

週末只想在家休息。

주말이면 그냥 집에서 쉬고 싶어요 .

[주마리면　그냥　지베서　쉬고　시퍼요]

[ju.ma.ri.myeon/ geu.nyang/ ji.be.seo/ swi.go/ si.peo.yo]

[choo.嫣.lee.(me-on)/ 箍.(knee-young)/ 似.啤.梳/ she.個/ 思.峧.唷]

쉽다

音 [쉽:따]

羅 swip.tta

諧 sweep.打

意 容易、很可能　形 固有語

韓語雖然很有趣，但不容易。

한국어는 재미있지만 쉽지 않아요 .

[한구거는　재미읻찌만　쉽찌　아나요]

[han.gu.geo.neun/ jae.mi.it.jji.man/ swip.jji/ a.na.yo]

[慳.姑.哥.noon/ 斜.me.it.知.蚊/ sweep.知/ 亞.那.唷]

今天的功課既容易又簡單，休息時間時全都做完了。

오늘 숙제는 쉽고 간단해서 쉬는 시간에 다 해 버렸어요 .

[오늘　숙쩨는　쉽꼬　간단해서　쉬는　시가네　다　해　버려써요]

[o.neul/ suk.jje.neun/ swip.kko/ gan.dan.hae.seo/ swi.neun/ si.ga.ne/ da/ hae/ beo.ryeo.sseo.yo]

[哦.nool/ 叔.姐.noon/ sweep.哥/ 勤.單.hea.梳/ she.noon/ 思.加.呢/ 他/ hea/ 破.(lee-all).傻.唷]

韓語知多點

在韓文中，「**쉬다**（休息）」和「**쉽다**（容易）」兩個詞語，變化成非格式體敬語時，分別為「**쉬어요**（休息）」及「**쉬워요**（容易）」，發音非常相似，在口語中常常會搞錯，要注意一下啊！

아내

音 [아내]
羅 a.nae
諧 亞.呢

意 妻子、老婆、太太　名 固有語

妻子懷孕了。
아내는 임신했어요 .
[아내는 님신해써요]
[a.ne.neun/ nim.sin.hae.sseo.yo]
[亞.呢.noon/ 驗.先.hea.傻.唷]

안내

音 [안:내]
羅 an.nae
諧 晏.呢

意 指引、指南、介紹、引導、導遊、嚮導、引、領、詢問　名 漢〔案內〕

請到詢問檯問問。
안내 창구에 가서 물어보세요 .
[안내 창구에 가서 무러보세요]
[an.nae/ chang.gu.e/ ga.seo/ mu.reo.bo.se.yo]
[晏.呢/ 撐.固.誒/ 卡.梳/ moo.raw.播.些.唷]

妻子在百貨商店客服中心做嚮導。
아내는 백화점 고객센터에서 안내 일을 합니다 .
[아내는 배콰점 고객쎈터에서 안내 이를 함니다]
[a.nae.neun/ bae.kwa.jeom/ go.gaek.ssen.teo.e.seo/ an.nae/ il.reul/ ham.ni.da]
[亞.呢.noon/ pair.誇.jom/ call.gag.send.拖.誒.梳/ 晏.呢/ 易.rule/ 堪.knee.打]

야구

音 [야:구]
羅 ya.gu
諧 也.姑

意 棒球　名 漢〔野球〕

韓國人們經常看棒球比賽。
한국 사람들은 야구 경기를 자주 봐요 .
[한국 싸람드른 냐구 경기를 자주 봐요]
[han.guk/ ssa.ram.deu.reun/ nya.gu/ gyeong.gi.reul/ ja.ju/ bwa.yo]
[慳.谷/ 沙.林.do.論/ 也.姑/ (key-yawn).gi.rule/ 查.jew/ 怕.唷]

약국

音 [약꾹]
羅 yak.kkuk
諧 喫.谷

意 藥局、藥房、藥店　名 漢〔藥局〕

請去藥房買點感冒藥回來。
약국에 가서 감기약을 좀 사 오세요 .
[약꾸게 가서 감기야글 좀 사 오세요]
[yak.kku.ge/ ga.seo/ gam.gi.ya.geul/ jom/ sa/ o.se.yo]
[喫.姑.嘅/ 卡.梳/ 琴.gi. 也.(固 L)/ joom/ 沙/ 哦.些.唷]

那間藥房的藥劑師以前是棒球選手。
저 약국에 계신 약사님은 전에 야구 선수셨어요 .
[저 약꾸게 계신 냑싸니믄 저네 야구 선수셔써요]
[jeo/ yak.kku.ge/ gye.sin/ nyak.ssa.ni.meun/ jeo.ne/ ya.gu/ seon.su.syeo.sseo.yo]
[錯/ 喫.姑.嘅/ 騎.先/ 喫.沙.knee.moon/ 錯.呢/ 也.姑/ sean.sue.shaw.傻.唷]

아저씨 · 앞접시

大叔 · 小碟子

이모, 여기 "아저씨" 두 개 주세요.
阿姨，請給我兩個「大叔」。

"아저씨"는 제공하지 않고 "앞접시"는 셀프입니다.
不提供「大叔」，
「小碟子」是自助的。

* 註：這裏的「小碟子」是一班人分享同一個料理時，
會把餸菜夾在各自的碟子裏吃。

아저씨

音 [아저씨]
羅 a.jeo.ssi
諧 亞.助.思

意 大叔（對沒有血緣關係的中年男性親切的稱呼）、叔叔（有血緣關係）　名 固有語

大叔，請載我去東大門。
아저씨 , 동대문으로 가 주세요 .
[아저씨　동대무느로　가　주세요]
[a.jeo.ssi/ dong.dae.mu.neu.ro/ ga/ ju.se.yo]
[亞.助.思/ 同.爹.moo.noo.raw/ car/ choo.些.唷]

앞접시

音 [압쩝씨]
羅 ap.jjeop.ssi
諧 up.job.思

意 小碟子（端在自己面前自用的小碟子）、小盤子　名 固有語

因為韓國飯桌上分著吃的料理很多，所以各自把食物盛在小碟子裏吃。
한국 밥상에는 나눠 먹는 요리가 많기 때문에 각자 음식을 앞접시에 덜어 먹어요 .
[한국　빱쌍에는　나눠　멍는　뇨리가　만키　때무네　각짜　음시글　압쩝씨에　더러　머거요]
[han.guk/ ppap.ssang.e.neun/ na.nwo/ meong.neun/ nyo.ri.ga/ man.ki/ ttae.mu.ne/ gak.jja/ eum.si.geul/ ap.jjeop.ssi.e/ deo.reo/ meo.geo.yo]
[慳.谷/ bulb.生.誒.noon/ 拿.nor/ 望.noon/ 唷.lee.加/ 慢.key/ 爹.moo.呢/ card.渣/ oom.思.(固L)/ up.job.思.誒/ 陀.raw/ 磨.哥.唷]

大叔，請給我兩個小碟子。
아저씨 , 여기 앞접시 두 개 주세요 .
[아저씨　여기　압쩝씨　두　개　주세요]
[a.jeo.ssi/ yeo.gi/ ap.jjeop.ssi/ du/ gae/ ju.se.yo]
[亞.助.思/ 唷.gi/ up.job.思/ to/ 嘅/ choo.些.唷]

文化知多點

韓國人喜歡分享食物，很多料理都是一大鍋一起吃，而且有很多「小菜（**반찬**）」，除了飯和湯是每人一碗，其他食物都是大家一起享用，所以每個人前面都會有一個「小碟子（**앞접시**）」，用來盛夾回來吃的食物。「**앞**」是「前面」的意思，「**접시**」則是「碟子」，放在自己前面的碟子，所以稱為「**앞접시**」。另外，很多餐廳會提供「圍裙（**앞치마**）」，不想衣服被醬汁濺到都可以拿來穿。

약국 · 약속

藥房 · 約定

오빠, 이따가 "약국" 있어요?
哥哥，等一下有「藥房」嗎？
"약국"은 없지만 너랑 "약속"은 있어.
雖然沒有「藥房」，但是和妳有「約定」。

Fun分辨法
藥房不是約會場所

약국

音 [약꾹]

羅 yak.kkuk

諧 喫.谷

意 藥局、藥房、藥店　名　漢〔藥局〕

去藥房買藥。

약국에 가서 약을 사요 .

[약꾸게　가서　야글　사요]
[yak.kku.ge/ ga.seo/ ya.geul/ sa.yo]
[喫.谷.嘅/ 卡.梳/ 也.(固 L)/ 沙.唷]

약속

音 [약쏙]

羅 yak.ssok

諧 喫.叔

意 約定、約會、約好、許約　名　漢〔約束〕

今天有約會，所以打算早點下班。

오늘은 약속이 있어서 일찍 퇴근하려고 해요 .

[오느른　냑쏘기　이써서　일찍　퉤근하려고　해요]
[o.neu.reun/ nyak.sso.gi/ i.sseo.seo/ il.jjik/ twe.geun.ha.ryeo.go/ hae.yo]
[哦.noo.論/ 喫.梳.gi/ 易.梳.梳/ ill.即/ (too-where).官.哈.(lee-all).個/ hea.唷]

和朋友約定了在藥房前面見面。

친구랑 약국 앞에서 만나자고 약속했어요 .

[친구랑　냑꾸　가페서　만나자고　약쏘캐써요]
[chin.gu.rang/ nyak.kku/ ga.pe.seo/ man.na.ja.go/ yak.sso.kae.sseo.yo]
[千.固.冷/ 喫.姑/ 卡.pair.梳/ 慢.那.炸.個/ 喫.梳.騎.梳.唷]

韓語知多點

常用藥物名稱

韓文	意思	韓文	意思
감기약	感冒藥〔感氣藥〕	진통제	止痛藥〔鎮痛劑〕
두통약	頭痛藥〔頭痛藥〕	해열제	退燒藥〔解熱劑〕
설사약	肚瀉藥〔泄瀉藥〕	기침약	咳嗽藥〔기침藥〕
위장약	腸胃藥〔胃腸藥〕	소화제	消化藥〔消化劑〕
연고	藥膏〔軟膏〕	안약	眼藥水〔眼藥〕
비타민	維他命〔維他命〕	반창고	膠布〔絆瘡膏〕
파스	鎮痛貼〔pas〕	밴드	膠布〔band〕

어제

音 [어제]
羅 eo.je
諧 餓.姐

意 昨天、往日　名 固有語　副 固有語

昨天天氣晴朗，但今天陰天。
어제는 날씨가 맑았지만 오늘은 흐려요.
[어제는　날씨가　말갇찌만　오느른　흐려요]
[eo.je.neun/ nal.ssi.ga/ mal.gat.jji.man/ o.neu.reun/ heu.ryeo.yo]
[餓.姐.noon/ (拿 L).思.加/ (罵 L).吉.知.蚊/ 哦.noo.論/ who.(lee-all).唷]

언제

音 [언:제]
羅 eon.je
諧 安.姐

意 幾時、什麼時候、某時　代 固有語　副 固有語

從什麼時候開始學韓語的？
언제부터 한국어를 배웠어요?
[언제부터　한구거를　배워써요]
[eon.je.bu.teo/ han.gu.geo.reul/ bae.wo.sseo.yo]
[安.姐.bull.拖/ 慳.姑.個.rule/ pair.喎.梳.唷]

雖然昨天開始減肥，但不知道能做(減肥)到什麼時候。
어제부터 다이어트를 시작했지만 언제까지 할 수 있을지 모르겠어요.
[어제부터　다이어트를　시자캔찌만　언제까지　할　쑤　이쓸찌　모르게써요]
[eo.je.bu.teo/ da.i.eo.teu.reul/ si.ja.kaet.jji.man/ eon.je.kka.ji/ hal/ ssu/ i.sseul.jji/ mo.reu.ge.sseo.yo]
[餓.姐.bull.拖/ 他.姨.柯.too.rule/ 思.炸.cat.知.蚊/ 安.姐.加.知/ (哈 L)/ sue/ 易.sool.知/ 磨.rule.嘅.傻.唷]

오줌

音 [오줌]
羅 o.jum
諧 哦.joom

意 小便、尿　名 固有語

雖然很想小便(尿急)，但因為排隊去洗手間的隊伍太長，所以沒去。
오줌이 너무 마려웠지만 화장실 줄이 너무 길어서 안 갔어요.
[오주미　너무　마려월찌만　화장실　주리　너무　기러서　안　가써요]
[o.ju.mi/ neo.mu/ ma.ryeo.wot.jji.man/ hwa.jang.sil/ ju.ri/ neo.mu/ gi.reo.seo/ an/ ga.sseo.yo]
[哦.jew.me/ 挪.moo/ 麻.(lee-all).what.知.蚊/ (who-哇).爭.seal/ choo.lee/ 挪.moo/ key.raw.梳/ 晏/ 加.傻.唷]

요즘

音 [요즘]
羅 yo.jeum
諧 唷.joom

意 最近(「요즈음」的縮略語)　名 固有語

最近，在咖啡廳學習的學生大幅增加。
요즘 커피숍에서 공부하는 학생들이 많이 늘었어요.
[요즘　커피쇼베서　공부하는　학쌩드리　마니　느러써요]
[yo.jeum/ keo.pi.syo.be.seo/ gong.bu.ha.neun/ hak.ssaeng.deu.ri/ ma.ni/ neu.reo.sseo.yo]
[唷.joom/ call.pee.shaw.啤.梳/ 窮.bull.哈.noon/ 黑.sang.do.lee/ 罵.knee/ noo.raw.傻.唷]

聽說，最近上班族們忙得連去小便的時間也沒有。
요즘 직장인들은 오줌을 누러 갈 시간이 없을 정도로 바쁘대요.
[요즘　직짱인드르　노주믈　누러　갈　씨가니　업쓸　정도로　바쁘대요]
[yeo.jeum/ jik.jjang.in.deu.reu/ no.ju.meul/ nu.reo/ gal/ ssi.ga.ni/ eop.sseul/ jjeong.do.ro/ ba.ppeu.dae.yo]
[唷.joom/ cheek.爭.燕.do.論/ 哦.jew.mool/ noo.raw/ (卡 L)/ 思.加.knee/ op.sool/ 撞.多.raw/ 怕.bull.爹.唷]

일기

音 [일기]
羅 il.gi
諧 ill.gi*
*「gear」的「gi」

意 日記[1]．天氣[2]．享年、終年[3]
名 漢〔日記〕[1] 名 漢〔日氣〕[2] 名 漢〔一期〕[3]

有每天寫日記的習慣。
날마다 일기를 쓰는 습관이 있어요 .
[날마다 일기를 쓰는 습꽈니 이써요]
[nal.ma.da/ il.gi.reul/ sseu.neun/ seup.kkwa.ni/ i.sseo.yo]
[(拿 L).媽.打/ ill.gi.rule/ sue.noon/ soup.瓜.knee/ 易.傻.唷]

읽기

音 [일끼]
羅 il.kki
諧 ill.gi*
*「gimmick」的「gi」

意 閱讀 名 固有語

對我來說，韓語的閱讀比聆聽更容易。
저에게는 한국어의 읽기가 듣기보다 더 쉬워요 .
[저에게는 한구거에 일끼가 듣끼보다 더 쉬워요]
[jeo.e.ge.neun/ han.gu.geo.e/ il.kki.ga/ deut.kki.bo.da/ deo/ swi.wo.yo]
[錯.誒.嘅.noon/ 慳.姑.哥.誒/ ill.gi.加/ tood.gi.播.打/ 陀/ she.喎.唷]

寫日記有助於寫作，看報紙有助於閱讀。
일기를 쓰는 것은 쓰기에 도움이 되고 신문을 읽는 것은 읽기에 도움이 돼요 .
[일기를 쓰는 거슨 쓰기에 도우미 뒈고 신무늘 링는 거슨 닐끼에 도움이 돼요]
[il.gi.reul/ sseu.neun/ geo.seun/ sseu.gi.e/ do.u.mi/ dwe.go/ sin.mu.neul/ ling.neun/ geo.seun/ nil.kki.e/ do.u.mi/ dwae.yo]
[ill.gi.rule/ sue.noon/ 個.soon/ sue.gi.誒/ 圖.嗚.me/ (to-where).固/ 先.門.nool/ 型.noon/ 個.soon/ ill.gi.誒/ 圖.嗚.me/ (to-where).唷]

잡지

音 [잡찌]
羅 jap.jji
諧 插.知

意 雜誌 名 漢〔雜誌〕

通過網絡可以看到多種多樣的內容 (資訊)，因此雜誌的銷售率急劇下降。
인터넷으로 다양한 콘텐츠를 볼 수 있어서 잡지 판매율이 급격히 떨어졌어요 .
[인터네스로 다양한 콘텐츠를 볼 쑤 이써서 잡찌 판매유리 급껴키 떠러져써요]
[in.teo.ne.seu.ro/ da.yang.han/ kon.ten.cheu.reul/ bol/ ssu/ i.sseo.seo/ jap.jji/ pan.mae.yu.ri/ geup.kkyeo.ki/ tteo.reo.jyeo.sseo.yo]
[燕.拖.呢.sue.raw/ 他.young.慳/ corn.ten.choo.rule/ (婆 L)/ sue/ 易.傻.梳/ 攀.咩.you.lee/ cope.(gi-all).key/ 多.raw.助.傻.唷]

접시

音 [접씨]
羅 jeop.ssi
諧 chop.思

意 碟子、盤子[1]．碟、盤（用以表示數量）[2] 名 固有語[1,2]

我每天吃一碟水果。
저는 매일 과일 한 접시를 먹어요 .
[저는 매일 과일 한 접씨를 머거요]
[jeo.neun/ mae.il/ gwa.il/ han/ jeop.ssi.reul/ meo.geo.yo]
[錯.noon/ 咩.ill/ 誇.ill/ 慳/ job.思.rule/ 磨.哥.唷]

據料理雜誌報道說，以 Kakao Friends 卡通人物製造的碟子即將面市。
요리 잡지에서 카카오 프렌즈 캐릭터로 만든 접시가 곧 출시될 거라고 합니다 .
[요리 잡찌에서 카카오 프렌즈 캐릭터로 만든 접씨가 곧 출씨퉬 꺼라고 함니다]
[yo.ri/ jap.jji.e.seo/ ka.ka.o/ peu.ren.jeu/ kae.rik.teo.ro/ man.deun/ jeop.ssi.ga/ got/ chul.ssi.dwel/ kkeo.ra.go/ ham.ni.da]
[唷.lee/ 插.知.誒.梳/ car.car.哦/ pull.rend.jew/ 茄.力.拖.raw/ 慢.頓/ chop.思.加/ could/ chool.思.(do-well)/ 哥.啦.個/ 堪.knee.打]

행복 · 한복

幸福 · 韓服

응, "한복"
입은 게 예쁘고
"행복" 해 보여.
是，穿著「韓服」的樣子很漂亮，
並且看起來很「幸福」。
오빠,
제가 "행복" 입은 게
어때요? 예뻐요?
哥哥，我穿「幸福」
怎麼樣？漂亮嗎？

Fun 分 辨法

一起穿韓服拍照很幸福

한복

音 [한:복]

羅 han.bok

諧 慳.僕

意 韓服 名 漢〔韓服〕

韓服是韓國的傳統衣服。

한복은 한국의 전통 옷이에요 .

[한보근 한구게 전통 오시에요]
[han.bo.geun/ han.gu.ge/ jeon.tong/ o.si.e.yo]
[慳.播.官/ 慳.姑.嘅/ (錯-安).通/ 哦.思.誒.唷]

행복

音 [행:복]

羅 haeng.bok

諧 hang.僕

意 幸福 名 漢〔幸福〕

吃好吃的東西的話會感到幸福。

맛있는 음식을 먹으면 행복을 느껴요 .

[마신느 늠시글 머그면 행보글 르껴요]
[ma.si.neu/ neum.si.geul/ meo.geu.myeon/ haeng.bo.geul/ leu.gyeo.yo]
[罵.思.noon/ oom. 思.(固 L)/ 磨.固.(me-on)/ hang.播.(固 L)/ loo.(gi-all).唷]

穿著韓服拍照的外國人看起來很幸福。

한복을 입고 사진을 찍는 외국인들이 행복해 보여요 .

[한보글 립꼬 사지늘 찡는 웨구긴드리 행보캐 보여요]
[han.bo.geul/ lip.kko/ sa.ji.neul/ jjing.neun/ we.gu.gin.deu.ri/ haeng.bo.kae/ bo.yeo.yo]
[慳.播.(固 L)/ lip.哥/ 沙.知.nool/ 蒸.noon/ where.姑.見.do.lee/ hang.播.騎/ 破.唷.唷]

文化知多點

「韓服（한복）」是韓國的傳統服飾，現今社會不常穿韓服，一般只有在大時大節，如：中秋節、農曆新年或賀壽、婚禮等場合才會穿。為了鼓勵更多國民及向外國人推廣韓國傳統文化，穿著韓服參觀韓國宮殿或一些景點，都可以免費入場，拍照也更加漂亮，可謂一舉兩得！

현재

音 [현:재]

羅 hyeon.jae

諧 (he-on).借

意 現在、現時、目前　名 漢〔現在〕　副 漢〔現在〕

比起未來，現在更重要。

미래보다는 현재가 중요해요 .

[미래보다는　현재가　중요해요]
[mi.rae.bo.da.neun/ hyeon.jae.ga/ jung.yo.hae.yo]
[me.哩.破.打.noon/ (he-on).姐.加/ 從.唷.hea.唷]

형제

音 [형제]

羅 hyeong.je

諧 (he-yawn).借

意 兄弟、兄弟姊妹　名 漢〔兄弟〕

因為沒有兄弟姊妹，所以總是獨自一人玩耍。

형제가 없어서 항상 혼자서 놀아요 .

[형제가　업써서　항상　혼자서　노라요]
[hyeong.je.ga/ eop.sseo.seo/ hang.sang/ hon.ja.seo/ no.ra.yo]
[(he-yawn).姐.加/ op.梳.梳/ 享.生/ hoon.炸.梳/ 挪.啦.唷]

兄弟倆現在在哪裏，正在做什麼呢？

형제 둘이 현재 어디에서 뭐 하고 있어요 ?

[형제　두리　현재　어디에서　뭐　하고　이써요]
[hyeong.je/ du.ri/ hyeon.jae/ eo.di.e.seo/ mwo/ ha.go/ i.sseo.yo]
[(he-yawn).姐/ to.lee/ (he-on).姐/ 餓.啲.誒.梳/ 磨/ 哈.個/ 易.傻.唷]

韓語知多點

看韓劇時，很多人會問為什麼韓國人都以「哥哥」、「姐姐」來稱呼？都是「兄弟姐妹（**형제자매**）」嗎？韓國深受儒家思想影響，男尊女卑，長幼有序，稱謂上分類細緻，就算不是親人，為了表示尊敬及親密關係，對年紀比自己大的朋友都會以哥哥或姐姐稱呼。而且會因性別不同而有不同的稱謂。妹妹稱哥哥為「**오빠**」，稱姐姐為「**언니**」；弟弟稱哥哥為「**형**」，稱姐姐為「**누나**」，想加以尊敬，可以分別稱呼為「**형님**」及「**누님**」。但有趣的是，沒有「**오빠님**」和「**언니님**」的稱呼。對哥哥姐姐對弟弟妹妹則沒有特別稱呼，可以直呼名字。對關係不太親密的朋友可以在名字後面加上「**씨**（先生/ 小姐）」來稱呼。如：「**이혜수 씨**（李慧秀小姐）」、「**김민준 씨**（金民俊先生）」。

3.6

左右對調篇

每個語言都需要背詞彙，例如：每天看辭典，背十個詞彙，透過抄寫練習或默書去牢牢記住。這絕對是一個有效的方法，筆者也很喜歡看辭典學習。

可是在學習過程中難免有點乏味，稍微集中不太好就很容易放棄，所以筆者會把學習到的詞彙嘗試有趣地分類一下，「左右對調」是一舉兩得的學習方法，在學到新的詞彙的時候，試著把該詞彙左右對調，再查一下辭典有沒有該字，如果沒有就可以忘記它，有的話就可以一次記下兩個詞彙了。

假如，今天學了「수박（西瓜）」這個字，左右對調就是「박수（拍手）」，「有西瓜吃要拍手」這種記憶法，讓自己更好記下來，這就是一舉兩得的方法。

감독

音 [감독]

羅 gam.dok

諧 琴.毒

意 監督、導演、教練　名 漢〔監督〕

新的教練就任了。

새로운 감독님이 취임하셨어요 .

[새로운　감동니미　취임하셔써요]

[sae.ro.un/ gam.dong.ni.mi/ chwi.im.ha.syeo.sseo.yo]

[些.raw.換/ 琴.洞.knee.me/ (處-we).驗.哈.shaw.傻.唷]

독감

音 [독깜]

羅 dok.kkam

諧 禿.金

意 重感冒、流行性感冒、流感　名 漢〔毒感〕

聽說這個冬天流感盛行。

이번 겨울은 독감이 유행이래요 .

[이번　겨우른　독까미　유행이래요]

[i.beon/ gyeo.u.reun/ dok.kka.mi/ yu.haeng.i.rae.yo]

[易.born/ (key-all).嗚.論/ 禿.加.me/ you.hang.易.哩.唷]

因為導演得了重感冒，所以今天的電影拍攝要休息了。

감독님이 독감에 걸리셔서 오늘 영화 촬영은 쉬게 되었어요 .

[감동니미　독까메　걸리셔서　오늘　령화　촤령은　쉬게　뒈어써요]

[gam.dong.ni.mi/ dok.kka.me/ geol.li.syeo.seo/ o.neul/ lyeong.hwa/ chwa.ryeong.eun/ swi.ge/ dwe.eo.sseo.yo]

[琴.洞.knee.me/ 禿.加.me/ call.lee.shaw.梳/ 哦.nool/ 涼.(who-哇)/ (choo-哇).亮.换/ she.嘅/ (to-where).柯.傻.唷]

가요

音 [가요]

羅 ga.yo

諧 卡.唷

意 歌謠、歌曲　名 漢〔歌謠〕

因為喜歡韓國歌曲，所以學韓語了。

한국 가요를 좋아해서 한국어를 배우게 됐어요 .

[한국　까요를　조아해서　한구거를　배우게　돼써요]

[han.guk/ kka.yo.reul/ jo.a.hae.seo/ han.gu.geo.reul/ bae.u.ge/ dwae.sseo.yo]

[慳.谷/ 加.唷.rule/ 錯.亞.hea.梳/ 慳.姑.哥.rule/ pair.嗚.嘅/ (to-where).傻.唷]

요가

音 [요가]

羅 yo.ga

諧 唷.價

意 瑜伽　名 外〔yoga〕

持續做瑜伽的話會讓心情變得平靜舒適。

요가를 하다 보면 마음이 편안해져요 .

[요가를　하다　보면　마으미　펴난해져요]

[yo.ga.reul/ ha.da/ bo.myeon/ ma.eu.mi/ pyeo.nan.hae.jyeo.yo]

[唷.家.rule/ 哈.打/ 破.(me-on)/ 罵.嗚.me/ (pee-all).那.呢.助.唷]

在家一邊聽歌，一邊做瑜伽。

집에서 가요를 들으면서 요가를 해요 .

[지베서　가요를　드르면서　요가를　해요]

[ji.be.seo/ ga.yo.reul/ deu.reu.myeon.seo/ yo.ga.reul/ hae.yo]

[似.啤.梳/ 卡.唷.rule/ to.rule.(me-on).梳/ 唷.加.rule/ hae.唷]

가장

音 [가장][1,2] [가:장][3]
羅 ga.jang
諧 卡.爭

意 最、頂、極[1]，家長、一家之主[2]，假裝、裝作、假扮[3]
副 固有語[1] 名 漢〔家長〕[2] 名 漢〔假裝〕[3]

因為我個子最矮，所以在班裏坐在最前面。
저는 키가 가장 작아서 반에서 맨 앞에 앉아요 .
[저는 키가 가장 자가서 바네서 매 나페 안자요]
[jeo.neun/ ki.ga/ ga.jang/ ja.ga.seo/ ba.ne.seo/ mae/ na.pe/ an.ja.yo]
[錯.noon/ key.加/ 卡.爭/ 查.加.梳/ 怕.呢.梳/ 咩/ 拿.pair/ 晏.炸.唷]

장가

音 [장:가]
羅 jang.ga
諧 撐.家

意 娶妻、娶媳婦、娶親 名 漢〔丈家〕

娶妻成了一家之主。
장가를 가서 한집의 가장이 되었어요 .
[장가를 가서 한지베 가장이 둬어써요]
[jang.ga.reul/ ga.seo/ han.ji.be/ ga.jang.i/ dwe.eo.sseo.yo]
[撐.加.rule/ 卡.梳/ 慳.知.啤/ 卡.爭.姨/ (to-where). 柯.傻.唷]

春節時最討厭聽到的話是什麼時候娶媳婦的問題。
설날에 가장 듣기 싫은 말은 언제 장가를 가느냐는 질문이에요 .
[설라레 가장 듣끼 시른 마르 넌제 장가를 가느냐는 질무니에요]
[seol.la.re/ ga.jang/ deut.kki/ si.reun/ ma.reu/ neon.je/ jang.ga.reul/ ga.neu.nya.neun/ jil.mu.ni.e.yo]
[(梳 L).啦.哩/ 卡.爭/ tood.gi/ 思.論/ 罵.論/ 按.姐/ 撐.家.rule/ 卡.noo.(knee-亞).noon/ (似 L).moo.knee. 誒.唷]

가정

音 [가정][1] [정:가][2]
羅 ga.jeong
諧 卡.撞

意 家庭、家政[1]，假定、假設[2] 名 漢〔家庭〕[1] 名 漢〔假定〕[2]

想擁有幸福的家庭。
행복한 가정을 가지고 싶어요 .
[행보칸 가정을 가지고 시퍼요]
[haeng.bo.kan/ ga.jeong.eul/ ga.ji.go/ si.po.yo]
[hang.卜.勤/ 卡.撞.(嗚 L)/ 卡.知.個/ 思.婆.唷]

정가

音 [정:까][1] [정가][2]
羅 jeong.kka[1] jeong.ga[2]
諧 創.加[1] 創.價[2]

意 定價、固定價格[1]，政界、政壇[2] 名 漢〔定價〕[1] 名 漢〔政街〕[2]

網上買的話，可以以比定價便宜的價格買。
인터넷으로 사면 정가보다 싸게 살 수 있어요 .
[인터네스로 사면 정까보다 싸게 살 쑤 이써요]
[in.teo.ne.seu.ro/ sa.myeon/ jeong.kka.bo.da/ ssa.kke/ sal/ ssu/ i.sseo.yo]
[燕.拖.呢.sue.raw/ 沙.(me-on)/ 創.加.破.打/ 沙.嘅/ (沙 L)/ sue/ 易.傻.唷]

我們的家庭不會買定價發售的東西，只會在減價時買。
우리 가정은 물건을 정가로 사지 않고 할인이 있을 때만 사요 .
[우리 가정은 물거늘 정까로 사지 안코 하리니 이쓸 때만 사요]
[u.ri/ ga.jeong.eun/ mul.geo.neul/ jeong.kka.ro/ sa.ji/ an.ko/ ha.ri.ni/ i.sseul/ ttae.man/ sa.yo]
[嗚.lee/ 卡.撞.換/ mool. 哥.nool/ 創.加.raw/ 沙.知/ 晏.call/ 哈.lee.knee/ 易.sool/ 爹. 蚊/ 沙.唷]

고사

音 [고:사][1,2,3] [고사][4,5]

羅 go.sa

諧 call.沙

意 考查、考試、考核[1]．告祀、祭祀、祭禮[2]．古事、陳年舊事、故事[3]．固辭、堅辭[4]．枯死[5]

名 漢〔考查〕[1] 名 漢〔告祀〕[2] 名 漢〔故事〕[3] 名 漢〔固辭〕[4] 名 漢〔枯死〕[5]

為了期末考試，打算每天去圖書館學習。

기말고사 때문에 매일 도서관에 가서 공부하려고 해요 .

[기말고사 때무네 매일 도서과네 가서 공부하려고 해요]
[gi.mal.go.sa/ ttae.mu.ne/ mae.il/ do.seo.gwa.ne/ ga.seo/ gong.bu.ha.ryeo.go/ hae.yo]
[key.(媽 L). 個. 沙/ 爹.門.呢/ 咩.ill/ 陀.梳.掛.呢/ 卡.梳/ 窮.bull.哈.(lee-all).個/ hea.唷]

사고

音 [사:고][1] [사고][2]

羅 sa.go

諧 沙.個

意 事故、事情、事[1]．思考、思緒[2]

名 漢〔事故〕[1] 名 漢〔思考〕[2]

因為交通事故，很多人都丟了性命。

교통사고가 나서 여러 사람이 목숨을 잃었어요 .

[교통사고가 나서 여러 사라미 목쑤믈 리러써요]
[gyo.tong.sa.go.ga/ na.seo/ yeo.reo/ sa.ra.mi/ mok.ssu.meul/ li.reo.sseo.yo]
[(key-all).通.沙.個.加/ 拿.梳/ 唷.raw/ 沙.啦.me/ 木.sue.mool/ 易.raw.傻.唷]

因為上學的路上發生了交通事故，所以沒能考到期末考試。

학교에 가는 길에 교통사고가 나서 기말고사를 못 보게 됐어요 .

[학꾜에 가는 기레 교통사고가 나서 기말고사를 몯 뽀게 되씨요]
[hak.kkyo.e/ ga.neun/ gi.re/ gyo.tong.sa.go.ga/ na.seo/ gi.mal.go.sa.reul/ mot/ ppo.ge/ dwae.sseo.yo]
[黑.(gi-all).誒/ 卡.noon/ key.哩/ (key-all).通.沙.個.加/ 拿.梳/ key.(媽 L).個.沙.rule/ 沒/ 波.嘅/ (to-where).傻.唷]

공항

音 [공항]

羅 gong.hang

諧 窮.坑

意 機場

名 漢〔空港〕

飛機出發前兩個小時必須到達機場。

비행기 출발 2 시간 전에는 공항에 도착해야 해요 .

[비행기 출발 두 시간 저네는 공항에 도차캐야 해요]
[bi.haeng.gi/ chul.bal/ du/ si.gan/ jeo.ne.neun/ gong.hang.e/ do.cha.kae.ya/ hae.yo]
[pee.hang.gi/ chool.(爸 L)/ to/ 思.間/ 錯.呢.noon/ 窮.坑.誒/ 陀.差.騎.也/ hea.唷]

항공

音 [항:공]

羅 hang.gong

諧 坑.共

意 航空

名 漢〔航空〕

我們航空公司增設了香港 - 大邱直達航線。

저희 항공사는 홍콩 - 대구 직행 항공 노선을 증설했습니다 .

[저히 항공사는 홍콩 - 대구 지캥 항공 노서늘 증설핻씀니다]
[jeo.hi/ hang.gong.sa.neun/ hong.kong/ dae.gu/ ji.kaeng/ hang.gong/ no.seo.neul/ jeung.seol.haet.sseum.ni.da]
[錯.he/ 坑.公.沙.noon/ 空.cone/ tare.固/ 似.kang/ 坑.公/ 挪.梳.nool/ 從.(梳 L).head.zoom.knee.打]

在機場可以看到很多航空乘務員。

공항에서 항공 승무원들을 많이 볼 수 있어요 .

[공항에서 항공 승무원드를 마니 볼 쑤 이써요]
[gong.hang.e.seo/ hang.gong/ seung.mu.won.deu.reul/ ma.ni/ bol/ ssu/ i.sseo.yo]
[窮.坑.誒.梳/ 坑.公/ 送.moo.won.do.rule/ 罵.knee/ (破 L)/ sue/ 易.傻.唷]

교육

音 [교:육]
羅 gyo.yuk
諧 (key-all).肉

意 教育　名 漢〔教育〕

填鴨式教育不能啟發學生的創意思維。

주입식 교육은 학생이 창의적인 생각을 하지 못 하도록 합니다 .

[주입씩　꾜유근　학쌩이　창이저긴　생가글　하지　모　타도로　캄니다]
[ju.ip.ssik/ kkyo.yu.geun/ hak.ssaeng.i/ chang.i.jeo.gin/ saeng.ga.geul/ ha.ji/ mo/ ta.do.ro/ kam.ni.da]
[choo.葉.seek/ (key-all).you.罐/ 黑.sang.姨/ 撐.姨.助.見/ sang.加.(固 L)/ 哈.知/ 磨/ 他.多.raw/ 襟.knee. 打]

육교

音 [육꾜]
羅 yuk.kkyo
諧 肉.(gi-all)

意 天橋、人行天橋　名 漢〔陸橋〕

過了天橋，就會看到公園。

육교를 건너고 나면 공원이 보여요 .

[육꾜를　건너고　나면　공워니　보여요]
[yuk.kkyo.reul/ geon.neo.go/ na.myeon/ gong.wo.ni/ bo.yeo.yo]
[肉.(gi-all).rule/ corn.挪.個/ 拿.(me-on)/ 窮.窩.knee/ 破.yaw.喲]

如果要去教育廳的話，必須橫過天橋。

교육청으로 가려면 육교를 건너야 합니다 .

[교육청으로　가려면　뉵꾜를　건너야　함니다]
[gyo.yuk.cheong.eu.ro/ ga.ryeo.myeon/ nyuk.kkyo.reul/ geon.neo.ya/ ham.ni.da]
[(key-all).肉.倉.嗚.raw/ 卡.(lee-all).(me-on)/ 肉.(gi-all)/ corn.挪.也/ 堪.knee.打]

금지

音 [금:지]
羅 geum.ji
諧 koom.志

意 禁止　名 漢〔禁止〕

這裏是禁止停車區。

여기는 주차 금지 구역입니다 .

[여기는　주차　금지　구여김니다]
[yeo.gi.neun/ ju.cha/ geum.ji/ gu.yeo.gim.ni.da]
[喲.gi.noon/ choo.差/ goom.志/ 箍.喲.劍.knee.打]

지금

音 [지금]
羅 ji.geum
諧 似.goom

意 現在、目前、當今、現時　名 漢〔只今〕　副 漢〔只今〕

現在是幾點？

지금 몇 시예요 ?

[지금　멷　씨예요]
[ji.geum/ myeot/ ssi.ye.yo]
[似.goom/ (me-odd)/ 思.夜.喲]

從現在開始禁止外出，所以不能出去。

지금부터는 외출 금지라서 밖에 못 나가요 .

[지금부터느　눼출　금지라서　바께　몬　나가요]
[ji.geum.bu.teo.neu/ nwe.chul/ geum.ji.ra.seo/ ba.kke/ mon/ na.ga.yo]
[似.goom.pull.拖.noon/ where.chool/ koom.志.啦.梳/ 帕.嘅/ 門/ 拿.加.喲]

기대

音 [기대]
羅 gi.dae
諧 key*.爹
*粵語「虔 (kin4)」的「ki」音

意 期待、期望　名 漢〔期待 / 企待〕

期望越大失望越大。
기대가 크면 실망도 커요 .
[기대가　크면　실망도　커요]
[gi.dae.ga/ keu.myeon/ sil.mang.do/ keo.yo]
[key.爹.加/ 篩.(me-on)/ seal.猛.多/ call.唷]

대기

音 [대:기]
羅 dae.gi
諧 tare.gi*
*英文「give」的「gi」音

意 待機、等待、等候、聽候[1]．大氣、空氣[2]　名 漢〔待機〕[1]　名 漢〔大氣〕[2]

去等候面試的場所。
면접 대기 장소로 가요 .
[면접　때기　장소로　가요]
[myeon.jeop/ ttae.gi/ jang.so.ro/ ga.yo]
[(me-on).job/ 爹.gi/ 撐.梳.raw/ 卡.唷]

在等候室沒有期待地等待著面試結果。
대기실에서 기대없이 면접 결과를 기다리고 있어요 .
[대기시레서　기대업씨　면접　껼과를　기다리고　이써요]
[dae.gi.si.re.seo/ gi.dae.eop.ssi/ myeon.jeop/ kkyeol.gwa.reul/ gi.da.ri.go/ i.sseo.yo]
[tare.gi.思.哩.梳/ key.爹.op.思/ (me-on).job/ girl.掛.rule/ key.打.lee.個/ 易.傻.唷]

기사

音 [기사]
羅 gi.sa
諧 key*.沙
*粵語「虔 (kin4)」的「ki」音

意 記事、消息、報導[1]．技師、技術工人[2]．棋士[3]．騎士、司機[4]
名 漢〔記事〕[1]　名 漢〔技士〕[2]　名 漢〔碁士 / 棋士〕[3]　名 漢〔騎士〕[4]

司機，請到明洞去吧。
기사님 , 명동으로 가 주세요 .
[기사님 ,　명동으로　가 주세요]
[gi.sa.nim/ myeong.dong.eu.ro/ ga/ ju.se yo]
[key.沙.黏/ (me-yawn).洞.嗚.raw/ 卡/ choo.些.唷]

사기

音 [사기][1,2]
[사:기][3]
羅 sa.gi
諧 沙.gi*
*英文「give」的「gi」音

意 欺詐、欺騙、詐騙[1]．瓷器[2]．士氣[3]
名 漢〔詐欺〕[1]　名 漢〔沙器 / 砂器〕[2]　名 漢〔士氣〕[3]

被信任的人騙了。
믿었던 사람에게 사기를 당했어요 .
[미덛떤　사라메게　사기를　당해써요]
[mi.deot.tteon/ sa.ra.me.ge/ sa.gi.reul/ dang.hae.sseo.yo]
[me.dot.don/ 沙.啦.咩.嘅/ 沙.gi.rule/ tongue.hea.傻.唷]

最近關於詐騙事件的報導越來越多了。
요즘은 사기 사건에 대한 기사가 많아졌어요 .
[요즈믄　사기　사거네　대한　기사가　마나져써요]
[yo.jeu.meun/ sa.gi/ sa.geo.ne/ dae.han/ gi.sa.ga/ ma.na.jyeo.sseo.yo]
[唷.jew.moon/ 沙.gi/ 沙.哥.呢/ tare.慳/ key.沙.加/ 罵.那.助.傻.唷]

기자

音 [기자]
羅 gi.ja
諧 key*.炸
*粵語「虔 (kin4)」的「ki」音

意 記者　名 漢〔記者〕

自從成為記者以後，因為太忙，所以不能經常見到家人。
기자가 된 후로는 너무 바빠서 가족들을 자주 못 봐요 .
[기자가 뒌 후로는 너무 바빠서 가족뜨를 자주 몯 빠요]
[gi.ja.ga/ dwen/ hu.ro.neun/ neo.mu/ ba.ppa.seo/ ga.jok.tteu.reul/ ja.ju/ mot/ ppwa.yo]
[key.炸.加/ (to-when)/ who.raw.noon/ 挪.moo/ 怕.爸.梳/ 卡.捉.do.rule/ 查.jew/ mood/ 爸.唷]

자기

音 [자기]
羅 ja.gi
諧 查.gi*
*英文「give」的「gi」音

意 自己、自我、自身 [1]．瓷、瓷器 [2]．磁力、磁性 [3]
名 漢〔自己〕[1]　名 漢〔瓷器 / 磁器〕[2]　名 漢〔瓷器 / 磁器〕[3]

那個人是自我中心的人，所以沒有多少朋友。
그 사람은 자기중심적이라 친구가 별로 없어요 .
[그 사라믄 자기중심저기라 친구가 별로 업써요]
[geu/ sa.ra.meun/ ja.gi.jung.sim.jeo.gi.ra/ chin.gu.ga/ byeol.lo/ eop.sseo.yo]
[箍/ 沙.啦.moon/ 查.gi.仲.seem.助.gi.啦/ 千.固.加/ (pee-all).囉/ op.梳.唷]

記者在寫報道時不能主觀地寫自己的意見。
기자는 기사를 쓸 때 자기의 의견을 주관적으로 쓰면 안 돼요 .
[기자는 기사를 쓸 때 자기에 의겨늘 주관저그로 쓰며 난 돼요]
[gi.ja.neun/ gi.sa.reul/ sseul/ ttae/ ja.gi.e/ ui.gyeo.neul/ ju.gwan.jeo.geu.ro/ sseu.myeo/ nan/ dwae.yo]
[key.咋.noon/ key.沙.rule/ sool/ 爹 / 查.gi.誒/ 會.(gi-all).nool/ choo.關.助.固.raw/ sue.(me-on)/ 晏/ (do-where).唷]

도시

音 [도시]
羅 do.si
諧 陀.思

意 都市、城市　名 漢〔都市〕

香港是活力的國際都市。
홍콩은 역동적인 국제도시입니다 .
[홍콩은 녁똥저긴 구쩨도시임니다]
[hong.kong.eun/ nyeok.ttong.jeo.gin/ guk.jje.do.si.im.ni.da]
[空.cone.換/ york.冬.助.見/ cook.姐.多.思.驗.knee.打]

시도

音 [시:도]
羅 si.do
諧 思.多

意 試圖、嘗試　名 漢〔試圖〕

不作嘗試就放棄是不好的。
시도도 해 보지 않고 포기하는 건 좋지 않아요 .
[시도도 해 보지 안코 포기하는 건 조치 아나요]
[si.do.do/ hae/ bo.ji/ an.ko/ po.gi.ha.neun/ geon/ jo.chi/ a.na.yo]
[思.多.多/ hea/ 破.知/ 晏.call/ 岥.gi.哈.noon/ 幹/ 錯.痴/ 亞.那.唷]

政府試圖用藝術美化城市。
정부가 예술로 도시를 미화하려고 시도해요 .
[정부가 예술로 도시를 미화하려고 시도해요]
[jeong.bu.ga/ ye.sul.lo/ do.si.reul/ mi.hwa.ha.ryeo.go/ si.do.hae.yo]
[創.bull.加/ 夜.sue.囉/ 陀.思.rule/ me.(who- 哇).哈.(lee-all).個/ 思.多.hea.唷]

박수 · 수박

拍手 · 西瓜

오빠, 날씨가 더운데 "박수" 먹을까요?
哥哥，天氣熱，我們要不要吃「拍手」？
("박수"를 치면서) 좋아! "수박" 먹으로 가자.
（一邊「拍手」）好，我們去吃「西瓜」吧。

박수

意 拍手、拍掌、鼓掌　名 漢〔拍手〕

音 [박쑤]
羅 bak.ssu
諧 拍.sue

請給予今天的優勝者熱烈的鼓掌。
오늘의 우승자에게는 큰 박수를 부탁드립니다 .
[오느레　우승자에게는　큰　박쑤를　부탁뜨림니다]
[o.neu.re/ u.seung.ja.e.ge.neun/ keun/ bak.ssu.reul/ bu.tak.tteu.rim.ni.da]
[哦.noo.哩/ 嗚.鬆.炸.誒.嘅.noon/ koon/ 拍.sue.rule/ pull.tark.do.rim.knee.打]

수박

意 西瓜　名 固有語

音 [수:박]
羅 su.bak
諧 sue.白

天氣炎熱，要一起吃清涼的西瓜嗎？
날씨가 더우니 시원한 수박을 먹을까요 ?
[날씨가　더우니　시원한　수바글　머글까요]
[nal.ssi.ga/ deo.u.ni/ si.won.han/ su.ba.geul/ meo.geul.kka.yo]
[(拿 L).思.加/ 陀.嗚.knee/ 思.won.慳/ sue.爸.(固 L)/ 磨.(固 L).加.唷]

聽說爸爸買了個西瓜回來後，孩子們全都拍手鼓掌了。
아빠가 수박을 사 왔다는 말을 듣고 아이들은 모두 다 박수를 쳤어요 .
[아빠가　수바글　사　왇따는　마를　듣꼬　아이드른　모두　다　박쑤를　쳐써요]
[a.ppa.ga/ su.ba.geul/ sa/ wat.tta.neun/ ma.reul/ deut.kko/ a.i.deu.reun/ mo.du/ da/ bak.ssu.reul/ chyeo.sseo.yo]
[亞.爸.加/ sue.爸.(固 L)/ 沙/ 核.打.noon/ 罵.rule/ tood.哥/ 亞.姨.do.論/ 磨.do/ 他/ 拍.sue.rule/ 初.傻.唷]

韓語知多點

「**사과**（蘋果）」的發音像粵語「西瓜」，很多初學者會搞混，「西瓜」的韓語應該是「**수박**」才對啊！另外，「**사과**」也有道歉之意，以前有人會買蘋果送給要道歉的對象以表歉意，一語雙關，可是現在這樣做可能會讓人翻白眼啊！（哈哈）

민주

音 [민주]
羅 min.ju
諧 面.jew
*普通話「主(zhu3)」的音

意 民主　名 漢〔民主〕

民主主義的紮根不知不覺已經過了十幾年。
민주주의가 정착된 지 어느덧 십수 년이 흘렀어요 .
[민주주이가　정착뛘　지　어느덛　씹쑤　녀니　흘러써요]
[min.ju.ju.i.ga/ jeong.chak.ttwen/ ji/ eo.neu.deot/ ssip.ssu/ nyeo.ni/ heul.leo.sseo.yo]
[面.jew.jew.易.加/ 創.测.(do-when)/ 知/ 餓.noo.dot/ ship.sue/ (knee-all).knee/ who.囉.傻.嘀]

주민

音 [주:민]
羅 ju.min
諧 choo*.面
*普通話「除(chu2)」的音

意 住民、居民、住戶　名 漢〔住民〕

這條村子的全體居民只有 30 人。
이 마을 전체 주민은 30 명밖에 없어요 .
[이 마을　전체　주미는　삼심　명바께　업써요]
[i/ ma.eul/ jeon.che/ ju.mi.neun/ sam.sim/ myeong.ba.kke/ eop.sseo.yo]
[易 / 罵.(嗚 L)/ (錯-按). 車/ jew.me.noon/ 三.seem/ (me-yawn).吧.嘅/ op.梳.嘀]

自從實現了正確的民主主義之後，居民們的投票參與度提高了。
올바른 민주주의가 실현된 후로 주민들의 투표 참여도가 높아졌어요 .
[올바른　민주주이가　실현뛘　후로　주민드레　투표　차며도가　노파져써요]
[ol.ba.reun/ min.ju.ju.i.ga/ sil.hyeon.dwen/ hu.ro/ ju.min.deu.re/ tu.pyo/ cha.myeo.do.ga/ no.pa.jyeo.sseo.yo]
[(哦 L).爸.論/ 面.jew.jew.易.加/ seal.(he-on).(do-when)/ who.raw/ choo.面.do.哩/ 差.(me-al).多.加/ 挪.趴.助.傻.嘀]

太極旗 · 태극기

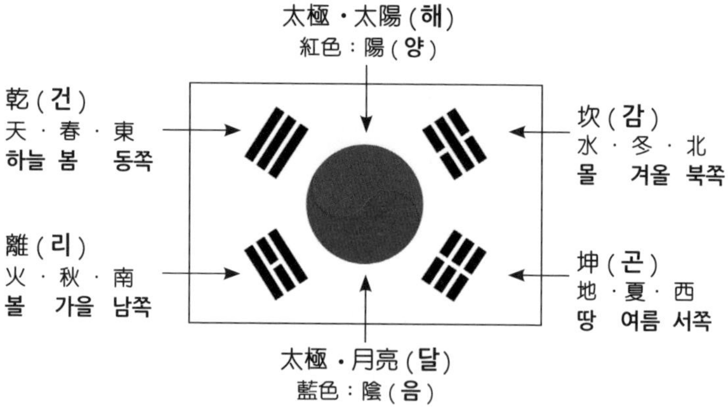

文化知多點

韓國的國旗為「太極旗（**태극기**）」，以白色為底，象徵純潔及和平；中央為藍、紅兩色的大極圖，象徵宇宙，代表陰（藍色）陽（紅色）；四角為乾（左上）、坤（右下）、坎（右上）、離（左下）四卦，分別代表天空、大地、水和火，象徵陰陽互相調和。

사상

音 [사:상]
羅 sa.sang
諧 沙.生

意 思想、觀念形態[1]．史上、歷史上[2]　名 漢〔思想〕[1]　名 漢〔史上〕[2]

藝術家通過作品表達思想和情感。
예술가는 작품을 통해 사상과 감정을 표현해요 .
[예술가는 작푸믈 통해 사상과 감정을 표현해요]
[ye.sul.ga.neun/ jak.pu.meul/ tong.hae/ sa.sang.gwa/ gam.jeong.eul/ pyo.hyeon.hae.yo]
[夜.sool.加.noon/ 拆.pull.mool/ 通.hea/ 沙.生.掛/ 琴.裝.(嗚 L)/ (pee-all).(he-on).hea.唷]

상사

音 [상:사]
羅 sang.sa
諧 生.沙

意 上司、上級[1]．上士（軍事）[2]．常事、常有的事[3]．喪事、白事、身後事[4]．商社、商行、工商[5]
名 漢〔上司〕[1]　名 漢〔上士〕[2]　名 漢〔常事〕[3]　名 漢〔喪事〕[4]　名 漢〔商社〕[5]

在好的上司下面工作有很多值得學習的地方。
좋은 상사 밑에서는 배울 점이 너무 많아요 .
[조은 상사 미테서는 배울 쩌미 너무 마나요]
[jo.eun/ sang.sa/ mi.te.seo.neun/ bae.ul/ jjeo.mi/ neo.mu/ ma.na.yo]
[錯.換/ 生.沙/ me.tare.梳.noon/ pair.(嗚 L)/ 助.me/ 挪.moo/ 罵.那.唷]

雖然是年輕的上司，但擁有出色的思想。
젊은 상사지만 뛰어난 사상을 가지고 계세요 .
[절믄 상사지만 뛰어난 사상을 가지고 게세요]
[jeol.meun/ sang.sa.ji.man/ ttwi.eo.nan/ sa.sang.eul/ ga.ji.go/ gye.se.yo]
[(錯 L).悶 / 生.沙.知.蚊 / (do-we).柯.難/ 沙.生.(嗚 L)/ 卡.知.個/ 騎.些.唷]

사인

音 [사인]
羅 sa.in
諧 沙.燕

意 簽署、簽名、署名　名 外〔sign〕

很高興得到喜歡的偶像的簽名。
좋아하는 아이돌의 사인을 받아서 너무 기뻐요 .
[조아하느 나이도레 사이늘 바다서 너무 기뻐요]
[jo.a.ha.neu/ na.i.do.re/ sa.i.neul/ ba.da.seo/ neo.mu/ gi.ppeo.yo]
[錯.亞.哈.noon/ 亞.姨.多.哩 / 沙.姨.nool/ 帕.打.梳/ 挪.moo/ key.波.唷]

인사

音 [인사]
羅 in.sa
諧 燕.沙

意 打招呼、寒暄、行禮[1]．人事[1]．人士[2]　名 漢〔人事〕[1]　名 漢〔人士〕[2]

在韓國，打招呼時會說「您好」。
한국에서는 '안녕하세요?'라고 인사를 해요 .
[한구게서느 난녕하세요라고 인사를 해요]
[han.gu.ge.seo.neu/ nan.nyeong.ha.se.yo.ra.go/ in.sa.reul/ hae.yo]
[慳.姑.嘅.梳.noon/ 晏.(knee-yawn).哈.些.唷.啦.個/ 燕.沙.rule/ hea.唷]

那位演員既不向粉絲打招呼，也不給粉絲簽名。
그 배우는 팬에게 인사도 하지 않고 사인도 해 주지 않아요 .
[그 배우는 패네게 인사도 하지 안코 사인도 해 주지 아나요]
[geu/ bae.u.neun/ pae.ne.ge/ in.sa.do/ ha.ji/ an.ko/ sa.in.do/ hae/ ju.ji/ a.na.yo]
[箍/ pair.嗚.noon/ pair.呢.嘅/ 燕.沙.多/ 哈.知/ 晏.call/ 沙.煙.多/ hea/ choo.知/ 亞.那.唷]

사전

音 [사전][1]
[사:전][2]

羅 sa.jeon

諧 沙.john

意 辭典[1]・事前[2]　名 漢〔辭典〕[1]　名 漢〔事前〕[2]

透過辭典學單詞是很好的方法。

사전으로 단어를 배우는 게 좋은 방법이에요 .

[사저느로　다너를　배우는　게 조은　방버비에요]
[sa.jeo.neu.ro/ da.neo.reul/ bae.u.neun/ ge/ jo.eun/ bang.beo.bi.e.yo]
[沙.助.noo.raw/ 他.挪.rule/ pair.嗚.noon/ 嘅/ 錯.換/ 朋.波.bee.誒.唷]

전사

音 [전:사]

羅 jeon.sa

諧 (錯-按).沙

意 戰死[1]・戰士[2]・前史[3]・轉寫、抄寫、抄錄、傳抄、轉抄、描繪[4]

名 漢〔戰死〕[1]　名 漢〔戰士〕[2]　名 漢〔前史〕[3]　名 漢〔轉寫〕[4]

我爺爺戰死在戰爭中。

저희 할아버지께서는 전쟁에서 전사하셨어요 .

[저히　하라버지께서는　전쟁에서　전사하셔써요]
[jeo.hi/ ha.ra.beo.ji.kke.seo.neun/ jeon.jaeng.e.seo/ jeon.sa.ha.syeo.sseo.yo]
[錯.he/ 哈.啦.波.知.嘅.梳.noon/ (錯-按).鄭.誒.梳/ (錯-按).沙.哈.shaw.傻.唷]

在辭典裏找到了「戰死」這個詞語並知道了其意思。

사전에서 전사라는 단어를 찾아서 뜻을 알게 되었어요 .

[사저네서　전사라는　다너를　차자서　뜨슬　알게　뒈어써요]
[sa.jeo.ne.seo/ jeon.sa.ra.neun/ da.neo.reul/ cha.ja.seo/ tteu.seul/ al.ge/ dwe.eo.sseo.yo]
[沙.助.呢.梳/ (錯-按).沙.啦.noon/ 他.挪.rule/ 差.渣.梳/ do.sool/ (亞 L).嘅 / (to-where).柯.傻.唷]

사주

音 [사:주][1,2]
[사주][3]

羅 sa.ju

諧 沙.jew*
*普通話「主(zhu3)」的音

意 四柱、八字[1]・唆使、指使[2]・社主、公司社長[3]

名 漢〔四柱〕[1]　名 漢〔使嗾〕[2]　名 漢〔社主〕[3]

看了八字，說我今年運氣不好。

사주를 봤는데 올해 운이 좋지 않대요 .

[사주를　봔는데　올해　우니　조치　안태요]
[sa.ju.reul/ bwan.neun.de/ ol.hae/ u.ni/ jo.chi/ an.tae.yo]
[沙.jew.rule/ (破-雲).noon.爹/ 哦.哩/ 嗚.knee/ 錯.痴/ 晏.tare.唷]

주사

音 [주:사][1]
[주사][2]

羅 ju.sa

諧 choo*.沙
*普通話「除(chu2)」的音

意 注射、打針[1]・酒瘋[2]　名 漢〔注射〕[1]　名 漢〔酒邪〕[2]

去醫院打預防感冒疫苗。

감기 예방 주사를 맞으러 병원에 가요 .

[감기　예방　주사를　마즈러　병워네　가요]
[gam.gi/ ye.bang/ ju.sa.reul/ ma.jeu.reo/ byeong.wo.ne/ ga.yo]
[琴.gi/ 夜.崩/ choo.沙.rule/ 罵.jew.raw/ (pee-yawn).喎.呢/ 卡.唷]

他的八字裏說要小心喝完酒後耍酒瘋的話會惹禍。

그의 사주에는 술을 마시고 주사를 부리면 화를 부르니 조심하라고 했어요 .

[그에　사주에는　수를　마시고　주사를　부리면　화를　부르니　조심하라고　해써요]
[geu.e/ sa.ju.e.neun/ su.reul/ ma.si.go/ ju.sa.reul/ bu.ri.myeon/ hwa.reul/ bu.reu.ni/ jo.sim.ha.ra.go/ hae.sseo.yo]
[箍.誒/ 沙.jew.誒.noon/ sue.rule/ 罵.思.個/ choo.沙.rule/ pull.lee.(me-on)/ (who-哇).rule/ pull.rule.knee/ 錯.思.媽.啦.個/ hea.傻.唷]

사회

音 [사훼]
羅 sa.hwe
諧 沙.(who-where)

意 社會[1]、主持、主持人、司儀[2]　名 漢〔社會〕[1]　名 漢〔司會〕[2]

高中畢業後就馬上投身社會。
고등학교를 졸업하고 바로 사회에 나갔어요 .
[고등학꾜를　조러파고　바로　사훼에　나가써요]
[go.deung.hak.kkyo/ jo.reo.pa.go/ ba.ro/ sa.hwe.e/ na.ga.sseo.yo]
[call.洞.黑.(gi-all)/ 錯.raw.趴.個/ 帕.raw/ 沙.(who-where).誒 / 拿.加.傻.唷]

회사

音 [훼:사]
羅 hwe.sa
諧 (who-where).沙

意 公司　名 漢〔會社〕

我爸爸是經營公司的。
저희 아버지께서는 회사를 운영하세요 .
[저히　아버지께서는　훼사르　루녕하세요]
[jeo.hi/ a.beo.ji.kke.seo.neun/ hwe.sa.reu/ ru.nyeong.ha.se.yo]
[錯.he/ 亞.波.知.嘅.梳.noon/ (who-where). 沙.rule/ 換.(knee-yawn). 哈.些.唷]

在公司第一次體驗到所謂的社會生活。
회사에서 처음으로 사회 생활이란 걸 경험했어요 .
[훼사에서　처으므로　사훼　생화리란　걸　경험해써요]
[hwe.sa.e.seo/ cheo.eu.meu.ro/ sa.hwe/ saeng.hwa.ri.ran/ geol/ gyeong.heom.hae.sseo.yo]
[(who-where). 沙.誒.梳/ 初.嗚.moo.raw/ 沙.(who-where)/ sang.(who-哇).lee.爛/ goal/ (key-yawn).horm.hea.傻.唷]

文化知多點

韓國公司因應公司規模會有不同的職級，不一定每間公司都得應用全部職稱。

〔理事〕〔管理者〕 領導層・管理人員	〔理事〕 董事	〔常務〕 常務董事	〔專務〕 專務董事	〔副社長〕 副總裁	〔社長〕 總裁	〔副會長〕 副董事長	〔會長〕 董事長
임원・관리자	이사 ▸	상무 ▸	전무 ▸	부사장 ▸	사장 ▸	부회장 ▸	회장
Executive	Director	Managing Director	Senior Managing Director	Vice President	President	Vice Chairman	Chairman

〔一般職〕〔實務者〕 一般職位・實務人員	〔intern〕 實習生	〔社員〕 職員	〔主任〕 主任	〔代理〕 部門助理	〔課長〕 部門經理	〔次長〕 部門副總經理	〔部長〕 部門總經理
일반직・실무자	인턴 ▸	사원 ▸	주임 ▸	대리 ▸	과장 ▸	차장 ▸	부장
General Hands-on Staff	Intern	Staff	Senior Staff	Assistant Manager	Manager	Deputy General Manager	General Manager

〔技能職〕〔生產職〕 技術人員・生產人員	〔技士〕 技術員	〔組長〕 組長	〔班長〕 管工	〔職長〕 工頭	〔工場〕 工場長
기능직・생산직	기사 ▸	조장 ▸	반장 ▸	직장 ▸	공장
Technical Production Staff	Technician	Field Leader	Field Foreman	Foreman Leader	Plant Manager

생선 · 선생

魚 · 老師

여보세요, "생선님"
어디에 계세요?
喂，請問「魚」您在哪呢？
"생선님"은 바다에 있어.
나는 "선생님"이라고 해.
「魚」在大海裏，我叫「老師」。

선생

音 [선생]
羅 seon.saeng
諧 sawn.sang

意 老師、先生（敬稱）、師傅（敬稱）　名 漢〔先生〕

我們的班主任老師真的很親切。
우리 반 담임 선생님은 정말 친절하세요 .
[우리 반 다밈 선생니믄 정말 친절하세요]
[u.ri/ ban/ da.mim/ seon.saeng.ni.meun/ jeong.mal/ chin.jeol.ha.se.yo]
[嗚.lee/ 盼/ 他.meem/ sawn.sang.knee.moon/ 創.(罵 L)/ 千.座.啦.些.唷]

생선

音 [생선]
羅 saeng.seon
諧 sang.sawn

意 魚、鮮魚　名 漢〔生鮮〕

今天晚餐吃了烤魚。
오늘 저녁은 생선 구이로 먹었어요 .
[오늘 저녀근 생선 구이로 머거써요]
[o.neul/ jeo.nyeo.geul/ saeng.seon/ gu.i.ro/ meo.geo.sseo.yo]
[哦.nool/ 錯.(knee-all).(固 L)/ sang.sawn/ 固.姨.raw/ 磨.哥.傻.唷]

老師在黑板上畫了魚。
선생님은 칠판에 생선을 그렸어요 .
[선생니믄 칠파네 생서늘 그려써요]
[seon.saeng.ni.meun/ chil.pa.ne/ saeng.seo.neul/ geu.ryeo.sseo.yo]
[sawn.sang.knee.moon/ chill.趴.呢/ sang.saw.nool/ 箍.(lee-all).傻.唷]

韓語知多點

「님」一字是加在名字、稱謂或職位等名詞後面的後綴，表示尊敬，如：「**김지은님**（金智恩小姐）」、「**사장님**（社長 / 老闆）」、「**선생님**（老師）」；在網絡上，也會用「님」來稱呼不相識的網友。

스키 · 키스

滑雪 · 親吻

스키

音 [스키]
羅 seu.ki
諧 sue.key

意 滑雪板、滑雪 名 外〔ski〕

我不會滑雪。
저는 스키를 탈 줄 몰라요 .
[저는 스키를 탈 쭐 몰라요]
[jeo.neun/ seu.ki.reul/ tal/ jjul/ mol.la.yo]
[錯.noon/ sue.key.rule/ (他 L)/ jool/ mool.啦.唷]

키스

音 [키스]
羅 ki.seu
諧 key.sue

意 親吻、接吻 名 外〔kiss〕

初吻將永遠留在記憶中。
첫 키스는 평생 기억에 남을 거예요 .
[철 키스는 평생 기어게 나믈 꺼예요]
[cheot/ ki.seu.neun/ pyeong.saeng/ gi.eo.ge/ na.meul/ kkeo.ye.yo]
[chot/ key.sue.noon/ (pee-yawn).sang/ key.柯.嘅/ 拿.mool/ 哥.夜.唷]

如果在滑雪場接吻的話真的很浪漫。
스키장에서 키스를 한다면 정말 로맨틱할 것 같아요 .
[스키장에서 키스를 한다면 정말 로맨티칼 껃 까타요]
[seu.ki.jang.e.seo/ ki.seu.reul/ han.da.myeon/ jeong.mal/ ro.maen.ti.kal/ kkeot/ kka.ta.yo]
[sue.key.爭.誒.梳/ key.sue.rule/ 慳.打.(me-on)/ 創.(媽 L)/ raw.man.tea.(卡 L)/ 割/ 嫁.他.唷]

韓語知多點

在韓國，冬天限定活動可不只有「滑雪（스키）」一種啊！

韓文	意思	韓文	意思
스노우보드	滑板〔snowboard〕	**스키장**	滑雪場〔ski 場〕
스케이트	溜冰〔skate〕	**스케이트장**	溜冰場〔skate 場〕
눈썰매	雪橇	**눈썰매장**	雪橇場
눈싸움	打雪戰	**눈사람 만들기**	砌雪人
얼음낚시	釣冰魚		

소장

音 [소:장][1,2,3,4]
[소짱][5]

羅 so.jang[1,2,3,4]
so.jjang[5]

諧 梳.爭

意 收藏[1]・小腸[2]・少將[3]・所長[4]・訴狀[5]　名 漢〔收藏〕[1]　名 漢〔小腸〕[2]　名 漢〔少將〕[3]　名 漢〔所長〕[4]　名 漢〔訴狀〕[5]

這幅畫是博物館收藏中的名作。

이 그림은 박물관에서 소장 중인 명작이에요 .

[이 그리믄 방물과네서 소장 중인 명자기에요]
[i/ geu.ri.meun/ bang.mul.gwa.ne.seo/ so.jang/ jung.in/ myeong.ja.gi.e.yo]
[易/ 箍.lee.moon/ 朋.mool.掛.呢.梳/ 梳.爭/ 從.煙/ (me-yawn).渣.gi.誒.喲]

장소

音 [장소]

羅 jang.so

諧 撐.梳

意 場所、地點、場地、場合、地方　名 漢〔場所〕

「太平山頂」是香港最著名的場所之一。

'빅토리아 피크'는 홍콩에서 가장 유명한 장소 중에 하나입니다 .

[빅토리아 피크는 홍콩에서 가장 뉴명한 장소 중에 하나임니다]
[bik.to.ri.a/ pi.keu.neun/ hong.kong.e.seo/ ga.jang/ nyu.myeong.han/ jang.so/ jung.e/ ha.na.im.ni.da]
[peek.拖.lee.亞/ pee.箍.noon/ 空.cone.誒. 梳/ 卡.爭/ you.(me-yawn). 慳/ 撐.梳/ 中.誒/ 哈.拿.驗.knee. 打]

所長的婚禮場地是哪裏？

소장님의 결혼식 장소가 어디예요 ?

[소장니메 결혼식 짱소가 어디예요]
[so.jang.ni.me/ gyeol.hon.sik/ jjang.so.ga/ eo.di.ye.yo]
[梳.爭.knee.咩/ (key-all).論.seek/ 掙.梳.加/ 餓.啲.夜.喲]

소주

音 [소주]

羅 so.ju

諧 梳.jew*
*普通話「主(zhu3)」的音

意 燒酒　名 漢〔燒酒〕

韓國人喜歡喝燒酒。

한국 사람들은 소주를 즐겨 마셔요 .

[한국 싸람드른 소주를 즐겨 마셔요]
[han.guk/ ssa.ram.deu.reun/ so.ju.reul/ jeul.gyeo/ ma.syeo.yo]
[慳.谷/ 沙.林.do.論/ 梳.jew.rule/ chool.(gi-all)/ 罵.shaw.喲]

주소

音 [주:소]

羅 ju.so

諧 choo*.梳
*普通話「除(chu2)」的音

意 住址、地址　名 漢〔住所〕

請在這裏寫地址。

여기에 주소를 쓰십시오 .

[여기에 주소를 쓰십씨오]
[yeo.gi.e/ ju.so.reul/ sseu.sip.ssi.o]
[喲.gi.誒/ choo.梳.rule/ sue.ship.思.哦]

您訂購的燒酒將配送到您家的地址。

주문하신 소주는 집 주소로 배송해 드리겠습니다 .

[주문하신 소주는 집 쭈소로 배송해 드리겓씀니다]
[ju.mun.ha.sin/ so.ju.neun/ jip/ jju.so.ro/ bae.song.hae/ deu.ri.get.sseum.ni.da]
[choo.悶.哈.先/ 梳.jew.noon/ 妾/ jew.梳.raw/ pair.送.hea/ to.lee.get.zoom.knee.打]

연인

音 [여:닌]
羅 yeo.nin
諧 唷.年

意 戀人　名 漢〔戀人〕

他們倆從青梅竹馬發展成為戀人。
그 두 사람은 죽마고우에서 연인으로 발전했어요 .
[그 두 사라믄 중마고우에서 여니느로 발쩐해써요]
[geu/ du/ sa.ra.meun/ jung.ma.go.u.e.seo/ yeo.ni.neu.ro/ bal.jjeon.hae.sseo.yo]
[箍/ to/ 沙.啦.moon/ 從.媽.個.嗚.誒.梳/ 唷.knee.noo.raw/ (怕 L).助.呢.傻.唷]

인연

音 [이년]
羅 i.nyeon
諧 易.(knee-on)

意 因緣、緣份、情緣、關係　名 漢〔因緣〕

遇到了天賜良緣。
하늘이 맺어준 인연을 만났어요 .
[하느리 매저준 니녀늘 만나써요]
[ha.neu.ri/ mae.jeo.jun/ i.nyeo.neul/ man.na.sseo.yo]
[哈.noo.lee/ 咩.助.俊/ 易.(knee-all).nool/ 慢.那.傻.唷]

戀人的相遇是緣分。
연인의 만남은 인연이에요 .
[여니네 만나믄 니녀니에요]
[yeo.ni.ne/ man.na.meun/ ni.nyeo.ni.e.yo]
[唷.knee.呢/ 慢.那.悶/ 易.(knee-all).knee.誒.唷]

운행

音 [운:행]
羅 un.haeng
諧 換.hang

意 運行、行車、行駛、運轉　名 漢〔運行〕

上下班時間的時候，地鐵的運行次數會增多。
출퇴근 시간에는 지하철의 운행 횟수가 많아졌어요 .
[출퉤근 시가네는 지하처레 운행 휃쑤가 마나져써요]
[chul.twe.geun/ si.ga.ne.neun/ ji.ha.cheo.re/ un.haeng/ hwet.ssu.ga/ ma.na.jyeo.sseo.yo]
[chool.(to-where).罐/ 思.加.呢.noon/ 似.哈.初.哩/ 換.hang/ (who-wet).sue.加/ 罵.那.助.傻.唷]

행운

音 [행:운]
羅 haeng.un
諧 hang.換

意 幸運、運氣、好運、福份、好命　名 漢〔幸運〕

邂逅了我老公真是幸運。
남편을 만난 것은 정말 행운이에요 .
[남펴늘 만난 거슨 정말 행우니에요]
[nam.pyeo.neul/ man.nan/ geo.seun/ haeng.u.ni.e.yo]
[男.(pee-all).nool/ 慢.難/ call.soon/ hang.嗚.knee.誒.唷]

自從爸爸開始駕駛的士後，我們家就好運頻頻。
아버지께서 택시 운행을 시작하신 후로 저희 집에 행운이 많이 생겼어요 .
[아버지께서 택씨 운행을 시자카신 후로 저히 지베 행우니 마니 생겨써요]
[a.beo.ji.kke.seo/ taek.ssi/ un.haeng.eul/ si.ja.ka.sin/ hu.ro/ jeo.hi/ ji.be/ haeng.u.ni/ ma.ni/ saeng.gyeo.sseo.yo]
[亞.波.知.嘅.梳/ 踢.思/ 換.hang.(嗚 L)/ 思.炸.卡.先/ who.raw/ 錯.he/ 似.啤/ hang.嗚.knee/ 罵.knee/ sang.(gi-all).傻.唷]

유자

音 [유:자]
羅 yu.ja
諧 you.炸

意 柚子[1]・儒者、儒生[2]　名 漢〔柚子〕[1]　名 漢〔儒者〕[2]

雖然不吃柚子，但很會喝柚子茶。

유자는 안 먹지만 유자차는 잘 마셔요 .

[유자느 난 먹찌만 뉴자차는 잘 마셔요]
[yu.ja.neu/ nan/ meok.jji.man/ nyu.ja.cha.neun/ jal/ ma.syeo.yo]
[you.炸.noon/ 晏/ 莫.知.蚊/ you.炸.差.noon/ (查 L)/ 罵.shaw.唷]

자유

音 [자유]
羅 ja.yu
諧 查.you

意 自由　名 漢〔自由〕

人人都有宗教自由。

사람마다 종교의 자유가 있어요 .

[사람마다 종교에 자유가 이써요]
[sa.ram.ma.da/ jong.gyo.e/ ja.yu.ga/ i.sseo.yo]
[沙.冧.罵.打/ 從.(gi-all).誒/ 查.you.加/ 易.傻.唷]

不管吃柚子還是喝柚子茶是你的自由。

유자를 먹든지 유자차를 마시든지 네 자유야 .

[유자를 먿뜬지 유자차를 마시든지 네 자유야]
[yu.ja.reul/ meok.tteun.ji/ yu.ja.cha.reul/ ma.si.deun.ji/ ne/ ja.yu.ya]
[you.炸.rule/ 莫.噸.知/ you.炸.差.rule/ 罵.思.頓.知/ 呢/ 查.you.也]

의회

音 [의회/의훼]
羅 ui.hoe / ui.hwe
諧 會.(who-where)

意 議會　名 漢〔議會〕

在議會中，以少數服從多數的原則決定議題是否通過表決。

의회에서는 다수결의 원칙으로 의제의 통과 여부를 결정해요 .

[의훼에서는 다수겨레 원치그로 의제에 통과 여부를 결쩡해요]
[ui.hwe.e.seo.neun/ da.su.gyeo.re/ won.chi.geu.ro/ ui.je.e/ tong.gwa/ yeo.bu.reul/ gyeol.jjeong.hae.yo]
[會.(who-where).誒.梳.noon/ 他.sue.(gi-all).哩/ won.痴.固.raw/ 會.姐.誒/ 通.瓜/ 唷.bull.rule/ (key-all).裝.hea.唷]

회의

音 [회:의/훼:이][1]
[회의/훼이][2]
羅 hoe.ui / hwe.i
諧 (who-where).易

意 會議[1]・懷疑[2]　名 漢〔會議〕[1]　名 漢〔懷疑〕[2]

因為正在進行會議，所以沒接到電話。

회의하고 있어서 전화를 못 받았어요 .

[훼이하고 이써서 전화를 몯 빠다써요]
[hwe.i.ha.go/ i.sseo.seo/ jeon.hwa.reul/ mot/ ppa.da.sseo.yo]
[(who-where).姨.哈.個/ 易.傻.梳/ 錯.那.rule/ mood/ 爸.打.傻.唷]

經過長時間的會議，議會通過了這次議案。

오랜 회의를 통해서 의회에서 이번 안건을 통과시켰어요 .

[오랜 훼이를 통해서 의훼에서 이버 난거늘 통과시켜써요]
[o.raen/ hwe.i.reul/ tong.hae.seo/ ui.hwe.e.seo/ i.beo/ nan.geo.neul/ tong.gwa.si.kyeo.sseo.yo]
[哦.rend/ (who-where).姨.rule/ 通.hea.梳/ 會.(who-where).誒.梳/ 易.born/ 晏.個.nool/ 通.瓜.思.(key-all).傻.唷]

3.7

1 + 1 = 3 篇

雖然「左右對調」是一舉兩得的學習方法，覺得還是不夠，所以筆者想到了一舉三得的方法「1+1=3」。在詞彙類別中，除了固有語、漢字語和外來語外，還有一種是複合語，「1+1=3」的方法與複合語的合成語相似，就是把兩個單一的詞語，合併成為新的詞詞。合成語的例子：

닭（雞）	고기（肉）	닭고기（雞肉）

這種合成語，一般兩者加起來產生的新詞彙的意思是有關聯性的。

「1+1=3」以合成語的方法為基礎，產生的新詞彙意思是跟兩者沒有關係的。例如：

양（羊）	말（馬）	양말（襪子）

這種一舉三得的方法，可以讓學習增添樂趣。

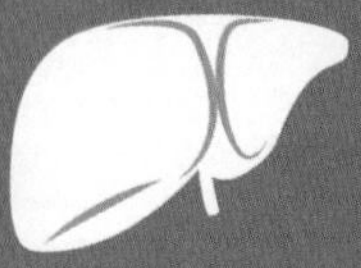

간

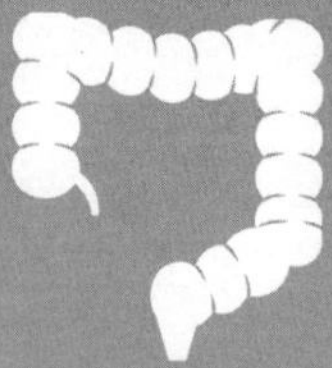

장

간장

간

音 [간:][1]
[간][2,3,4]

羅 gan

諧 勤

意 肝臟[1]．間、間隔、之間[2]．刊載[3]．鹽、醬、醬油等的總稱、鹹淡[4]

名 漢〔肝〕[1]　依 漢〔間〕[2]　名 漢〔刊〕[3]　名 固有語[4]

喝酒喝多了肝就會變壞。

술을 많이 마시면 간이 나빠져요 .

[수를 마니 마시면 가니 나빠져요]
[sue.reul/ ma.ni/ ma.si.myeon/ ga.ni/ na.ppa.jyeo.yo]
[sue.rule/ 罵.knee/ 罵.思.(me-on)/ 卡.knee/ 拿.爸.助.唷]

장

音 [장:][1,2,3,4]
[장][5,6,7]

羅 jang

諧 撐

意 醬[1]．腸[2]．櫃[3]．長（最高位者）[4]．場地、市集[5]．章節[6]．張（數量）[7]

名 漢〔醬〕[1]　名 漢〔腸〕[2]　名 漢〔櫥〕[3]　名 漢〔長〕[4]
名 漢〔場〕[5]　名 漢〔章〕[6]　名 漢〔張〕[7]

因為腸道不好，所以要小心挑選食物吃。

장이 좋지 않은 편이라 음식을 조심스럽게 골라 먹어야 돼요 .

[장이 조치 아는 펴니라 음시글 조심스럽께 골라 머거야 돼요]
[jang.i/ jo.chi/ a.neun/ pyeo.ni.ra/ eum.si.geul/ jo.sim.seu.reop.kke/ gol.la/ meo.geo.ya/ dwae.yo]
[撐.易/ 錯.痴/ 亞.noon/ (pee-all).knee.啦/ oom.思.(固 L)/ 錯.seem.sue.rob.嘅 / 磨.哥.也/ (to-where).唷]

간장

音 [간장][1,2]
[간:장][3]

羅 gan.jang

諧 勤.爭

意 豉油、醬油[1]．肝腸（肝和腸、內心）[2]．肝臟[3]

名 複〔간-醬〕[1]　名 漢〔肝腸〕[2]　名 漢〔肝臟〕[3]

把葱餅點醬油吃的話更好吃。

파전을 간장에 찍어 먹으면 더 맛있어요 .

[파저늘 간장에 찌거 머그면 더 마시써요]
[pa.jeo.neul/ gan.jang.e/ jji.geo/ meo.geu.myeon/ deo/ ma.si.sseo.yo]
[趴.助.nool/ 勤.爭.誒/ 知.哥/ 磨.固.(me-on)/ 陀/ 罵.思.傻.唷]

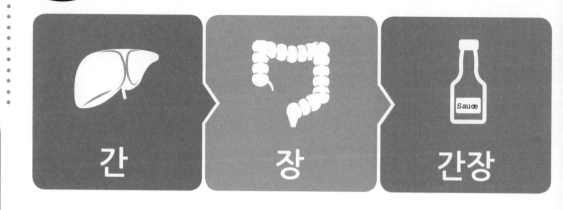

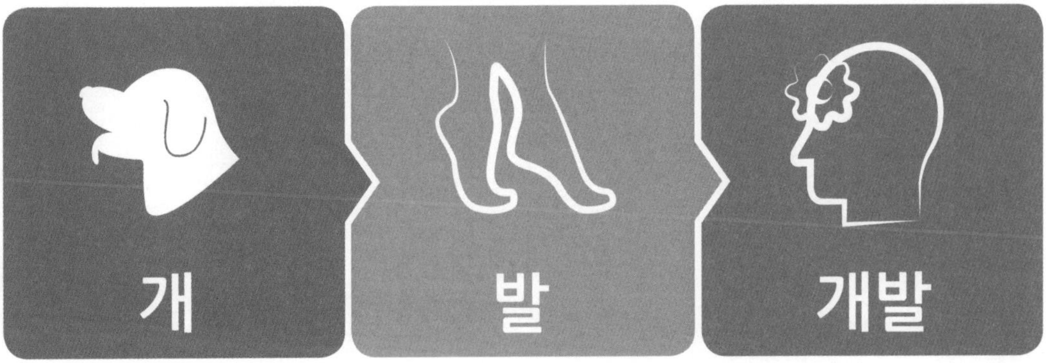

개

音 [개ː][1] [개][2]
羅 gae
諧 騎

意 狗[1]．個、顆、塊[2]
名 固有語[1]　依 漢〔個 / 箇 / 介〕[2]

鄰居家的狗整天在吠叫著呢。
옆집 개가 하루 종일 짖고 있네요 .
[엽찝　깨가　하루　종일　짇꼬　인네요]
[yeop.jjip/ kkae.ga/ ha.ru/ jong.il/ jit.kko/ in.ne.yo]
[yop.接/ 嘅.加/ 哈.rule/ 中.ill/ 切.哥/ 燕.呢.唷]

발

音 [발][1,2] [발ː][3]
羅 bal
諧 怕L

意 腳、足、蹄、腳步[1]．粒(子彈)、發(炮彈)、響(爆竹)[2]．簾[3]
名 固有語[1,3]　依 固有語[2]

椅子有四隻腳。
의자는 발이 4 개 있어요 .
[의자는　바리　네 개　이써요]
[ui.ja.neun/ ba.ri/ ne/ gae/ i.sseo.yo]
[會.炸.noon/ 怕.lee/ 呢/ 嘅/ 易.傻.唷]

개발

音 [개발]
羅 gae.bal
諧 騎.(吧L)

意 開發、研發、發展　名 複〔開發〕

我們公司正在開發人工智能技術。
저희 회사에서는 인공 지능 기술을 개발하고 있어요 .
[저히　회사에서는　닌공　지능　기수를　개발하고　이써요]
[jeo.hi/ hoe.sa.e.seo.neun/ nin.gong/ ji.neung/ gi.su.reul/ gae.bal.ha.go/ i.sseo.yo]
[錯.he/ (who-where).沙.誒.梳.noon/ 燕.公/ 似.濃/ key.sue.rule/ 騎.(爸L).哈.個/ 易.傻.唷]

공

책

공책

공

音 [공ː][1]
[공][2,3,4]

羅 gong

諧 窮

意 球、皮球[1]・零、空、泡影[2]・功勞、工夫、心血[3]・公共、公家、公眾的[4]

名 固有語[1]　名 漢〔空〕[2]　名 漢〔功〕[3]　名 漢〔公〕[4]

守門員這次的球抓得真好呢！

골키퍼가 이번 공을 정말 잘 잡았네요 .

[골키퍼가　이번　공을　정말　잘　사반네요]
[gol.ki.peo.ga/ i.beon/ gong.eul/ jeong.mal/ jal/ ja.ban.ne.yo]
[call.key.岥.加/ 易.born/ 窮.(嗚 L)/ 創.(罵 L)/ (查 L)/ 查.班.呢.唷]

책

音 [책]

羅 chaek

諧 尺

意 書　名 漢〔冊〕

有閱書習慣的人很有智慧。

책을 읽는 습관을 가지고 있는 사람은 지혜로워요 .

[채글　링는　습꽈늘　가지고　인는　사라믄　지혜로워요]
[chae.geul/ ling.neun/ seup.kkwa.neul/ ga.ji.go/ in.neun/ sa.ra.meun/ ji.hye.ro.wo.yo]
[車.(固 L)/ ink.noon/ soup.瓜.nool/ 卡.知.個/ 燕.noon/ 沙.啦.悶/ 似.hea.raw.喎.唷]

공책

音 [공책]

羅 gong.chaek

諧 窮.尺

意 筆記本、記事本、練習簿　名 漢〔空冊〕

一邊聽課，一邊在筆記本上寫筆記。

수업을 들으면서 공책에 필기를 해요 .

[수어블　드르면서　공채게　필기를　해요]
[su.eo.beul/ deu.reu.myeon.seo/ gong.chae.ge/ pil.gi.reul/ hae.yo]
[sue.柯.bull/ to.rule.(me-on).梳/ 窮.車.嘅/ pill.gi.rule/ hea.唷]

김

音 [김ː][1,2,3]
[김][4]

羅 gim

諧 箝

意 紫菜[1]・海苔[2]・汽、蒸汽、熱氣、呼出的氣[3]・順便、順手、順勢、趁[4]

名 固有語[1,2,3]　依 固有語[4]

只要有紫菜，吃掉一碗飯也不是問題。

김만 있으면 밥 한 그릇도 문제없어요 .

[김만 니쓰면 바 판 그른또 문제업써요]
[gim.man/ ni.sseu.myeon/ ba/ pan/ geu.reut.tto/ mun.je.eop.sseo.yo]
[箝.蚊/ knee.sue.(me-on)/ 怕/ 攀/ 箍.root.多/ 門.姐.op.梳.唷]

밥

音 [밥]

羅 bap

諧 怕-up

意 飯　名 固有語

早上要吃飽飯。

아침에는 밥을 든든히 먹어야 해요 .

[아치메는 바블 든든히 머거야 해요]
[a.chi.me.neun/ ba.beul/ deun.deun.hi/ meo.geo.ya/ hae.yo]
[亞.痴.咩.noon/ 怕.bull/ 盾.頓.he/ 磨.哥.也/ hea.唷]

김밥

音 [김:밥]
[김:빱]

羅 gim.bap
gim.ppap

諧 箝.bulb

意 紫菜包飯　名 固有語

因為沒時間，即使是紫菜包飯也買來吃吧。

시간이 없으니 김밥이라도 사 먹도록 해요 .

[시가니 업쓰니 김빠비라도 사 먹또로 캐요]
[si.ga.ni/ eop.sseu.ni/ gim.ppa.bi.ra.do/ sa/ meok.tto.ro/ kae.yo]
[思.加.knee/ op.sue.knee/ 箝.爸.bee.啦.多/ 沙/ 莫.多.raw/ 騎.唷]

눈

사람

눈사람

눈

音 [눈][1,2]
[눈:][3]

羅 nun

諧 noon

意 眼睛、眼光、眼力、目光、眼神、視線、視力[1]．杯芽[2]．雪[3]

名 固有語[1,2,3]

白雪覆蓋的冬季風景很浪漫。

하얀 눈으로 덮여 있는 겨울 풍경은 낭만적이에요 .

[하얀 누느로 더펴 인는 겨울 풍경는 낭만저기에요]

[ha.yan/ nu.neu.ro/ deo.pyeo/ in.neun/ gyeo.ul/ pung.gyeong.eun/ nang.man.jeo.gi.e.yo]

[哈.因 / noo.noo.raw/ 陀.(pee-all)/ 燕.noon/ (key-all).(嗚 L)/ 蹦.(gi-yawn).換 / 能.慢.助.gi.誒.唷]

사람

音 [사:람]

羅 sa.ram

諧 沙.林

意 人、人物、人才　　名 固有語

每個人的思考方式都不同。

사람마다 사고방식이 달라요 .

[사람마다 사고방시기 달라요]

[sa.ram.ma.da/ sa.go.bang.si.gi/ dal.la.yo]

[沙.林.媽.打/ 沙.個.朋.思.gi/ (他 L).啦.唷]

눈사람

音 [눈:싸람]

羅 nun.ssa.ram

諧 noon.沙.林

意 雪人　　名 固有語

堆砌雪人很有趣。

눈사람을 만드는 건 재미있어요 .

[눈싸라믈 만드는 건 재미이써요]

[nun.ssa.ra.meul/ man.deu.neun/ geon/ jae.mi.i.sseo.yo]

[noon.沙.林.mool/ 慢.do.noon/ 幹/ 斜.me.易.傻.唷]

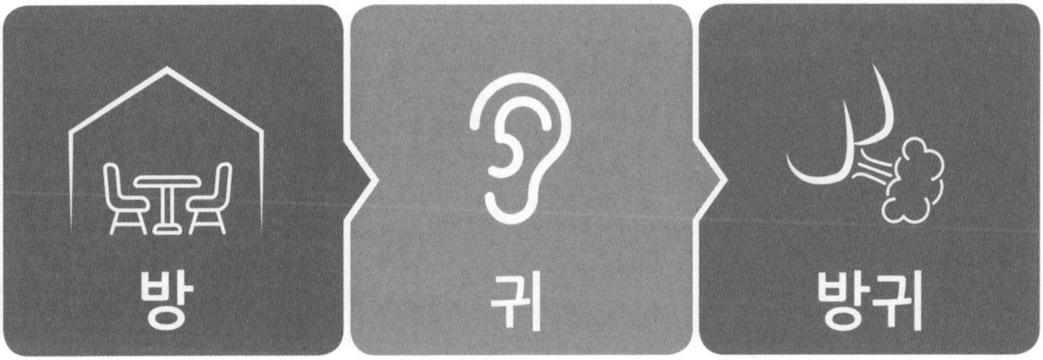

방

音 [방][1] [방ː][2]
羅 bang
諧 彭

意 房間、居室[1]．放（槍、炮彈、爆藥的爆放次數單位）2．放（拍照、放屁、拳頭次數單位）2

名 漢〔房〕[1]　依 漢〔放〕[2]

我家有兩個房間。

우리 집에는 방이 두 개 있어요 .

[우리 지베는 방이 두 개 이써요]
[u.ri/ ji.be.neun/ bang.i/ du/ gae/ i.sseo.yo]
[嗚.lee/ 似.啤.noon/ 彭.姨/ to/ 嘅/ 易.傻.唷]

귀

音 [귀][1] [귀ː][2]
羅 gwi
諧 (cool-we)

意 耳朵[1]．貴[2]　名 固有語[1]　冠 漢〔貴〕[2]

耳朵上戴著可愛的耳環。

귀에 귀여운 귀걸이를 했어요 .

[귀에 귀여운 귀거리를 해써요]
[gwi.e/ gwi.yeo.un/ gwi.geo.ri.reul/ hae.sseo.yo]
[(cool-we).誒/ (cool-we).唷.換/ (coll-we).個.lee.rule/ hea.傻.唷]

방귀

音 [방:귀]
羅 bang.gwi
諧 朋.(固-we)

意 屁　名 固有語

胖子總是會被懷疑是放屁的人。

뚱뚱한 사람은 언제나 방귀를 뀌는 사람으로 의심을 받을 거예요 .

[뚱뚱한 사라므 넌제나 방귀를 뀌는 사라므로 의시믈 바들 꺼예요]
[ttung.ttung.han/ sa.ra.meu/ neon.je.na/ bang.gwi.reul/ kkwi.neun/ sa.ra.meu.ro/ ui.si.meul/ ba.deul/ kkeo.ye.yo]
[冬.冬.慳/ 沙.啦.悶/ 安.姐.那/ 彭.(固 -we).rule/ (姑-we).noon/ 沙.啦.moo.raw/ 會.思.mool/ 怕.dool/ 哥.夜.唷]

별

音 [별ː][1] [별][2]
羅 byeol
諧 (pee-餓L)

意 星星[1]．別的、另外、特別[2]
名 固有語[1]　冠 漢〔別〕[2]

夜空中星星閃閃發亮。
밤하늘에는 별들이 반짝여요 .
[밤하느레는　별드리　반짜겨요]
[bam.ha.neu.re.neun/ byeol.deu.ri/ ban.jja.gyeo.yo]
[palm.哈.noo.哩.noon/ (pee-all).do.lee/ 盼.渣.(gi-all).唷]

자리

音 [자리]
羅 ja.ri
諧 查.lee

意 座位、位子、坐位、坐席位置、地方、地位、職位、地席、被褥　名 固有語

得獎後坐在座位上了。
상을 받고 자리에 앉았어요 .
[상을　받꼬　자리에　안자써요]
[sang.eul/ bat.kko/ ja.ri.e/ an.ja.sseo.yo]
[生.(嗚 L)/ 匹.哥/ 查.lee.誒/ 晏.炸.傻.唷]

별자리

音 [별:자리]
羅 byeol.ja.ri
諧 (pee- 餓 L).渣.lee

意 星座、星宿　名 固有語

我不相信星座運程。
저는 별자리 운세를 안 믿어요 .
[저는　별자리　운세르　란　미더요]
[jeo.neun/ byeol.ja.ri/ un.se.reu/ ran/ mi.deo.yo]
[錯.noon/ (pee-all).渣.lee/ 換.些.rule/ 晏/ me.多.唷]

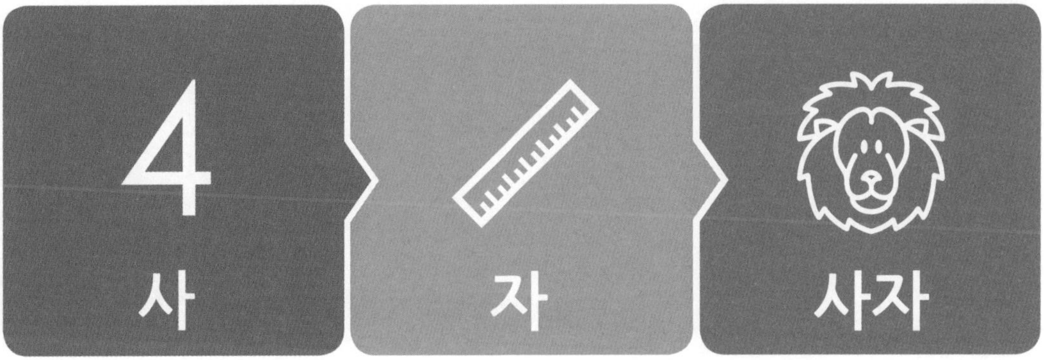

사

意 數字 4[1]・死亡[2]・私[3]

數 漢〔四〕[1]　名 漢〔死〕[2]　名 漢〔私〕[3]

音 [사:][1,2]
[사][3]
羅 sa
諧 沙

數字 4 的發音與死亡的死字同音，所以有負面的感覺。

숫자 사는 발음이 사망의 사와 같아서 부정적인 느낌이 있어요 .

[숟짜 사는 바르미 사망에 사와 가타서 부정저긴 느끼미 이써요]
[sut.jja/ sa.neun/ ba.reu.mi/ sa.mang.e/ sa.wa/ ga.ta.seo/ bu.jeong.jeo.gin/ neu.kki.mi/ i.sseo.yo]
[恤.渣/ 沙.noon/ 怕.rule.me/ 沙.猛.誒/ 沙.哇/ 卡.他.梳/ pull.裝.助.見/ noo.兼.me/ 易.傻.唷]

자

意 尺[1]・字[2]・者、家伙[3]・喂、來、好、唉[4]

名 固有語[1]　名 漢〔字〕[2]　依 漢〔者〕[3]　感 固有語[4]

音 [자]
羅 ja
諧 查

用尺畫了直線。

자로 직선을 그었어요 .

[자로 직써늘 그어써요]
[ja.ro/ jik.sseo.neul/ geu.eo.sseo.yo]
[查.raw/ cheek.梳.nool/ 箍.柯.傻.唷]

사자

意 獅子[1]・死者[2]　名 漢〔獅子〕[1]　名 漢〔死者〕[2]

音 [사자]
[사:자]
羅 sa.ja
諧 沙.炸

帶了孩子去動物園看獅子。

아이를 데리고 동물원에 가서 사자를 봤어요 .

[아이를 데리고 동무뤄네 가서 사자를 봐써요]
[a.i.reul/ de.ri.go/ dong.mu.rwo.ne/ ga.seo/ sa.ja.reul/ bwa.sseo.yo]
[亞.姨.rule/ tare.lee.個/ 同.moo.raw.呢/ 卡.梳/. 沙.炸.rule/ (pull-哇).傻.唷]

산

音 [산]

羅 san

諧 山

意 山

名 漢(山)

爺爺逢星期日上山去。

할아버지께서는 일요일마다 산에 가세요 .

[하라버지께서는 니료일미다 사네 가세요]

[ha.ra.beo.ji.kke.seo.neun/ ni.ryo.il.ma.da/ sa.ne/ ga.se.yo]

[哈.啦.波.知.嘅.梳.noon/ 易.(lee-all).ill.罵.打/ 沙.呢/ 卡.些.唷]

책

音 [책]

羅 chaek

諧 尺

意 書　名 漢(冊)

通過書獲得了很多知識。

책을 통해서 많은 지식을 얻었어요 .

[채글 통해서 마는 지시그 러더써요]

[chae.geul/ tong.hae.seo/ ma.neun/ ji.si.geu/ reo.deo.sseo.yo]

[車.(固 L)/ 通.hea.梳/ 罵.noon/ 似.思.(固 L)/ 餓.多.傻.唷]

산책

音 [산:책]

羅 san.chaek

諧 山.尺

意 散步　名 漢〔散策〕

吃完晚飯散步的話，既不會變胖，又變得健康。

저녁을 먹고 산책하면 살이 안 찌고 건강해져요 .

[저녀글 먹꼬 산채카면 사리 안 찌고 건강해져요]

[jeo.nyeo.geul/ meok.kko/ san.chae.ka.myeon/ sa.ri/ an/ jji.go/ geon.gang.hae.jyeo.yo]

[錯.(knee-all).(固 L)/ 莫.哥/ 山.車.卡.(me-on)/ 沙.lee/ 晏/ 知.哥/ corn.更.hea.助.唷]

소

音 [소]
羅 so
諧 梳

意 牛
名 固有語

在鄉下見過牛。
시골에서 소를 본 적이 있어요 .
[시고레서 소를 본 저기 있어요]
[si.go.re.seo/ so.reul/ bon/ jeo.gi/ i.sseo.yo]
[思.個.哩.梳/ 梳.rule/ 盆/ 助.gi/ 易.傻.唷]

개

音 [개ː][1]
[개][2]
羅 gae
諧 騎

意 狗[1]・個、顆、塊[2]　名 固有語[1]　依 漢〔個/箇/介〕[2]

我們公寓不能養狗。
우리 아파트에서는 개를 키우면 안 돼요 .
[우리 아파트에서는 개를 키우며 난 돼요]
[u.ri/ a.pa.treu.neun/ gae.reul/ ki.u.myeo/ nan/ dwae.yo]
[嗚.lee/ 亞.趴.to.noon/ 騎.rule/ key.嗚.(me-on)/ 晏/ (do-where).唷]

소개

音 [소개]
羅 so.gae
諧 梳.嘅

意 介紹、引見、牽線　名 漢〔紹介〕

從朋友那裏得到了工作介紹。
친구에게서 일자리 소개를 받았어요 .
[친구에게서 일짜리 소개를 바다써요]
[chin.gu.e.ge.seo/ il.jja.ri/ so.gae.reul/ ba.da.sseo.yo]
[千.故.誒.嘅.梳/ ill.渣.lee/ 梳.嘅.rule/ 怕.打.傻.唷]

양

音 [양][1,2,3]
[양:][4]
羅 yang
諧 young

意 羊[1] · 量[2] · 小姐[3] · 兩[4]

名 漢〔羊〕[1]　名 漢〔量〕[2]　依 漢〔孃〕[3]　冠 漢〔兩〕[4]

我屬羊，並且是白羊座的。

저는 양띠이고 양자리예요 .

[저는 냥띠이고 양자리예요]
[jeo.neun/ nyang.tti.i.go/ yang.ja.ri.ye.yo]
[錯.noon/ young.喲.易.個/ young.渣.lee.夜.唷]

말

音 [말][1,3]
[말:][2]
羅 mal
諧 罵 L

意 馬[1] · 說話[2] · 末、底[3]　名 固有語[1,2]　依 漢〔末〕[3]

我在濟州島騎過馬。

제주도에서 말을 타 본 적이 있어요 .

[제주도에서 마를 타 본 저기 이써요]
[je.ju.do.e.seo/ ma.reul/ ta/ bon/ jeo.gi/ i.sseo.yo]
[斜.jew.多.誒.梳/ 罵.rule/ 他/ born/ 助.gi/ 易.傻.唷]

양말

音 [양말]
羅 yang.mal
諧 young.(罵 L)

意 襪子　名 漢〔洋襪 / 洋韈〕

韓國有很多便宜又可愛的襪子。

한국에는 싸고 귀여운 양말이 많아요 .

[한구게는 싸고 귀여운 냥마리 마나요]
[han.gu.ge.neun/ ssa.go/ gwi.yeo.un/ nyang.ma.ri/ ma.na.yo]
[慳.姑.嘅.梳.noon/ 沙.個/ (箍 -we).唷.換/ young.嫣.lee/ 罵.那.唷]

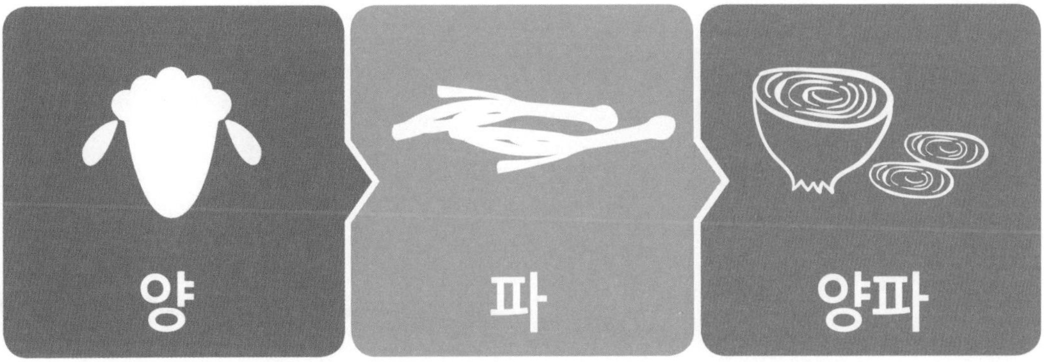

양

音 [양][1,2,3]
[양:][4]
羅 yang
諧 young

意 羊[1] · 量[2] · 小姐[3] · 兩[4]

名 漢〔羊〕[1]　名 漢〔量〕[2]　依 漢〔孃〕[3]　冠 漢〔兩〕[4]

我們去吃羊肉串吧。

양꼬치를 먹으러 갑시다 .

[양꼬치를　머그러　갑씨다]
[yang.kko.chi.reul/ meo.geu.reo/ gap.ssi.da]
[young.哥.痴.rule/ 磨.固.raw/ 及.思.打]

파

音 [파]
羅 pa
諧 趴

意 葱[1] · 派別[2]　名 固有語[1]　名 漢〔派〕[2]

用葱製作的煎餅叫做「葱煎餅」。

파로 만든 전은 '파전'이라고 해요 .

[파로　만든　저는　파저니라고　해요]
[pa.ro/ man.deun/ jeo.neun/ pa.jeo.ni.ra.go/ hae.yo]
[趴.raw/ 慢.頓/ 錯.noon/ 趴.助.knee. 啦.個/ hea.唷]

양파

音 [양파]
羅 yang.pa
諧 young.趴

意 洋葱　複 複〔洋-파〕

切或剁碎洋葱時會流眼淚。

양파를 썰거나 다질 때는 눈물이 나요 .

[양파를　썰꺼나　다질　때는　눈무리　나요]
[yang.pa.reul/ sseol.kkeo.na/ da.jil/ ttae.neun/ nun.mu.ri/ na.yo]
[young.趴.rule/ (梳 L).哥.那/ 他.(志 L)/ 爹.noon/ noon.moo.lee/ 拿.唷]

5 2 

오 이 오이

오

音 [오:]

羅 o

諧 哦

意 數字 5

數 漢(五)

5 是我的幸運數字。

오는 제 행운의 숫자예요 .

[오는 제 행우네 숫짜예요]
[o.neun/ je/ haeng.u.ne/ sut.jja.ye.yo]
[哦.noon/ 斜/ hang.嗚.呢/ 恤.渣.夜.唷]

이

音 [이]

羅 i

諧 易

意 數字 2[1]．牙齒[2]．這、此[3]．對人的尊稱[4]

數 漢(二/貳)[1]　名 固有語[2]　代 固有語[3]　依 固有語[4]

洗手間在 2 樓。

화장실은 이 층에 있어요 .

[화장시른 니 층에 이써요]
[hwa.jang.si.reun/ ni/ cheung.e/ i.sseo.yo]
[(who-哇).爭.思.論/ 易/ 衝.誒/ 易.傻.唷]

오이

音 [오이]

羅 o.i

諧 哦.姨

意 青瓜、黃瓜　名 固有語

青瓜又清涼又脆口，做成沙律就好了。

오이는 아삭하고 시원해서 샐러드로 만들면 좋아요 .

[오이느 나사카고 시원해서 샐러드로 만들면 조아요]
[o.i.neu/ na.sa.ka.go/ si.won.hae.seo/ sael.leo.deu.ro/ man.deul.myeon/ jo.a.yo]
[哦.姨.noon/ 亞.沙.卡.個/ 思.won.hea.梳/ 些.囉.do.raw/ 慢.dool.(me-on)/ 錯.亞.唷]

은행

音 [음행]

羅 eun.haeng

諧 換.hang

意 銀行[1]・銀杏[2]

名 漢〔銀行〕[1]　名 漢〔銀杏〕[2]

銀行的營業時間是 9 點到 4 點。

은행의 영업 시간은 9 시부터 4 시까지입니다 .

[은행에　영업　씨가는　아홉 씨부터　네 시까지임니다]
[eun.haeng.e/ yeong.eop/ ssi.ga.neun/ a.hop/ ssi.bu.teo/ ne/ si.kka.ji.im.ni.da]
[換.hang.誒/ yawn.op/ 思.加.noon/ 亞.hope/ 思.bull.拖/ 呢/ 思.加.知.驗.knee.打]

잎

音 [입]

羅 Ip

諧 葉

意 葉子　名 固有語

春風中紛飛的櫻花葉很美麗。

봄바람에 흩날리는 벚꽃잎은 아름다워요 .

[봄빠라메　흔날리는　벋꼰니프　나름다워요]
[bom.ppa.ra.me/ heun.nal.li.neun/ beot.kkon.ni.peu/ na.reum.da.wo.yo]
[poom.爸.啦.咩/ hoon.拿.lee.noon/ pot.官.knee.潘/ 亞.room.打.喎.唷]

은행잎

音 [은행닙]

羅 eun.haeng.nip

諧 換.hang.聶

意 銀杏葉　名 複〔銀杏 - 잎〕

飄落的銀杏葉堆積成了黃色的林蔭道。

떨어진 은행잎이 쌓여 노란 가로수길이 되었어요 .

[떠러지　는행니피　싸여　노란　가로수기리　뒈어써요]
[tteo.reo.ji/ neun.haeng.ni.pi/ ssa.yeo/ no.ran/ ga.ro.su.gi.ri/ dwe.eo.sseo.yo]
[多.raw.箭/ 換.hang.knee.pee/ 沙.唷/ 挪.爛/ 卡.raw.sue.gi.lee/ (to-where).傻.唷]

입

音 [입]

羅 ip

諧 葉

意 口、嘴巴、話題、口味

名 固有語

因為韓國食物很辣，不合外國人胃口。

한국 음식은 매워서 외국인 입에 안 맞아요 .

[한구 금시근 매워서 웨구긴 니베 안 마자요]

[han.gu/ geum.si.geun/ mae.wo.seo/ we.gu.gin/ ni.be/ an/ ma.ja.yo]

[慳.姑/ goom.思.官/ 咩.喎.梳/ where.姑.見/ 易.啤/ 晏/ 罵.渣.唷]

구

音 [구][1-4,6]
[구ː][5]

羅 gu

諧 箍 *

*普通話「苦(ku3)」的音

意 數字 9[1] · 區域[2] · 球[3] · 句子[4] · 舊[5] · 具(屍體量詞)[6]

數 漢〔九〕[1]　名 漢〔區〕[2]

名 漢〔毬〕[3]　冠 漢〔句〕[4]　冠 漢〔舊〕[5]　依 漢〔具〕[6]

3 乘 3 等於 9。

삼 곱하기 삼은 구예요 .

[삼 고파기 사믄 구예요]

[sam/ go.pa.gi/ sa.meun/ gu.ye.yo]

[三/ 箍.趴.gi/ 沙.悶/ 箍.夜.唷]

입구

音 [입꾸]

羅 ip.kku

諧 葉.姑

意 入口、進口、門口　　名 漢〔入口〕

這裏不是入口而是出口。

여기는 입구가 아니라 출구예요 .

[여기는 닙꾸가 아니라 출구예요]

[yeo.gi.neun/ nip.kku.ga/ a.ni.ra/ chul.gu.ye.yo]

[唷.gi.noon/ 葉.姑.加/ 亞.knee.啦/ chool.固.夜.唷]

입

音 [입]

羅 ip

諧 葉

意 口、嘴巴、話題、口味

名 固有語

張大嘴巴笑了。

입을 크게 벌리고 웃었어요 .

[이블　크게　벌리고　우서써요]

[i.beul/ keu.ge/ beol.li.go/ u.seo.sseo.yo]

[易.bull/ 箍.嘅/ 破.lee.個/ 嗚.梳.傻.唷]

술

音 [술]

羅 sul

諧 (sue~L)

意 酒　名 固有語

昨天喝醉 (酒) 了。

어제는 술에 취했어요 .

[어제는　수레　취해써요]

[eo.je.neun/ su.re/ chwi.hae.sseo.yo]

[餓.姐.noon/ sue.哩/ (處-we).hea.傻.唷]

입술

音 [입쑬]

羅 ip.ssul

諧 葉.(sue~L)

意 嘴唇　名 固有語

嘴唇的形狀像櫻桃一樣。

입술 모양이 앵두 같아요 .

[입쑬　모양이　앵두　가타요]

[ip.ssul/ mo.yang.i/ aeng.du/ ga.ta.yo]

[葉.sool/ 磨.young.姨/ eng.do/ 卡.他.唷]

입

장

입장

입

音 [입]

羅 ip

諧 葉

意 口、嘴巴、話題、口味

名 固有語

男朋友親吻了我的額頭。

남자 친구가 제 이마에 입을 맞췄어요 .

[남자 친구가 제 이마에 이블 맏춰써요]
[nam.ja/ chin.gu.ga/ je/ i.ma.e/ i.beul/ mat.chwo.sseo.yo]
[男.炸/ 千.固.加/ 斜/ 易.嫣.誒/ 易.bull/ 抹.初.傻.唷]

장

音 [장:][1,2,3,4]
[장][5,6,7]

羅 jang

諧 撐

意 醬[1]・腸[2]・欌[3]・長（最高位者）[4]・場地、市集[5]・章節[6]・張（數量）[7]

名 漢〔醬〕[1]　名 漢〔腸〕[2]　名 漢〔欌〕[3]　名 漢〔長〕[4]
名 漢〔場〕[5]　名 漢〔章〕[6]　依 漢〔張〕[7]

妻子因為辣醬用完了，所以去了市集買。

아내는 고추장이 떨어져서 장을 보러 갔어요 .

[아내는 고추장이 떠러져서 장을 보러 가써요]
[a.nae.neun/ go.chu.jang.i/ tteo.reo.jyeo.seo/ jang.eul/ bo.reo/ ga.sseo.yo]
[亞.呢.noon/ call.choo.爭/ 多.raw.助.梳/ 撐.(嗚 L)/ 破.raw/ 卡.傻.唷]

입장

音 [입짱]

羅 ip.jjang

諧 葉.爭

意 入場、進場[1]・立場、處境、觀點[2]　名 漢〔入場〕[1]　名 漢〔立場〕[2]

請依次序入場。

차례대로 입장하세요 .

[차례대로 입짱하세요]
[cha.rye.dae.ro/ ip.jjang.ha.se.yo]
[差.哩.爹.raw/ 葉.爭.哈.些.唷]

죽

音 [죽]
羅 juk
諧 促

意 粥[1]・套（衣物、器皿 10 件為一套）[2]．一條線、一直、一下子、一口氣、一眼、筆直[3]

名 漢〔粥〕[1]　名 固有語[2]　副 固有語[3]

生病的時候煮粥吃。
아플 때는 죽을 끓여 먹어요 .
[아플　때는　주글　끄려　머거요]
[a.peul/ ttae.neun/ ju.geul/ kkeu.ryeo/ meo.geo.yo]
[亞.pull/ 爹.noon/ choo.(固 L)/ 姑.(lee-all)/ 麿.哥.唷]

부인

音 [부인][1,2]
[부:인][3]
羅 bu.in
諧 pull*.燕
* 普通話「普（pu3）」的音

意 夫人、太太、大嫂[1]・婦人、婦女[2]・否認、否定[3]

名 漢〔夫人〕[1]　名 漢〔婦人〕[2]　名 漢〔否認〕[3]

金載錫先生的夫人以擅長烹飪著稱。
김재석 씨의 부인은 요리를 잘하기로 유명해요 .
[김재석　씨에　부이는　뇨리를　잘하기로　유명해요]
[gim.jae.seok/ ssi.e/ bu.i.neun/ nyo.ri.reul/ jal.ha.gi.ro/ yu.myeong.hae.yo]
[箝.姐.索/ 思.誒/ pull.姨.noon/ 唷.lee.rule/ 查.啦.gi.raw/ you.(me-yawn).hea.唷]

죽부인

音 [죽뿌인]
羅 juk.ppu.in
諧 促.bull.燕

意 竹夾藤（用竹編成的筒形涼抱枕）　名 漢〔竹夫人〕

爺爺夏天時夾著竹夾藤睡覺。
할아버지께서는 여름에 죽부인을 끼고 주무세요 .
[하라버지께서는　녀르메　죽뿌이늘　끼고　주무세요]
[ha.ra.beo.ji.kke.seo.neun/ nyeo.reu.me/ juk.ppu.i.neul/ kki.go/ ju.mu.se.yo]
[哈.啦.波.知.嘅.梳.noon/ 唷.room.咩/ 促.bull. 姨.nool/ gi.個/ choo.moo.些.唷]

책

音 [책]
羅 chaek
諧 尺

意 書
名 漢〔冊〕

因為沒錢買書，所以一般在圖書館借來看。

책을 살 돈이 없어서 보통 도서관에서 빌려서 읽어요 .

[채글 살 도니 업써서 보통 도서과네서 빌려서 일기요]
[chae.geul/ sal/ do.ni/ eop.sseo.seo/ bo.tong/ do.seo.gwa.ne.seo/ bil.lyeo.seo/ il.geo.yo]
[車.(固 L)/ (沙 L)/ 盾.knee/ op.梳.梳/ 破.通/ 陀.梳.掛.呢.梳/ bill.(lee-all).梳 / ill.哥.唷]

상

音 [상][1-5]
[상ː][6]
羅 sang
諧 生

意 桌子、飯桌[1]・獎賞[2]・長相[3]・肖像、圖像[4]・喪[5]・上[6]
名 漢〔床〕[1] 名 漢〔賞〕[2] 名 漢〔相〕[3] 名 漢〔像〕[4] 名 漢〔喪〕[5] 名 漢〔上〕[6]

吃飯後，我負責收拾桌子和洗碗。

밥을 먹고 제가 상 치우기와 설거지를 담당했어요 .

[바블 먹꼬 제가 상 치우기와 설거지를 담당해써요]
[ba.beul/ meok.kko/ je.ga/ sang/ chi.u.gi.wa/ seol.geo.ji.reul/ dam.dang.hae.sseo.yo]
[帕.bull/ 莫.哥/ 斜.加/ 生/ 痴.嗚.gi.哇/ (梳 L).哥.知.rule/ 談.登.hea.傻.唷]

책상

音 [책쌍]
羅 chaek.ssang
諧 尺.生

意 書桌
名 漢〔冊床〕

因為太累了，學習中途趴在桌子上睡了。

너무 피곤해서 공부하다가 책상에 엎드려서 잤어요 .

[너무 피곤해서 공부하다가 책쌍에 업뜨려서 자써요]
[neo.mu/ pi.gon.hae.seo/ gong.bu.ha.da.ga/ chaek.ssang.e/ eop.tteu.ryeo.seo/ ja.sseo.yo]
[挪.moo/ pee.罐.hea.梳/ 窮.bull.哈.打.加/ 尺.生.誒/ op.do.(lee-all).梳/ 查.傻.唷]

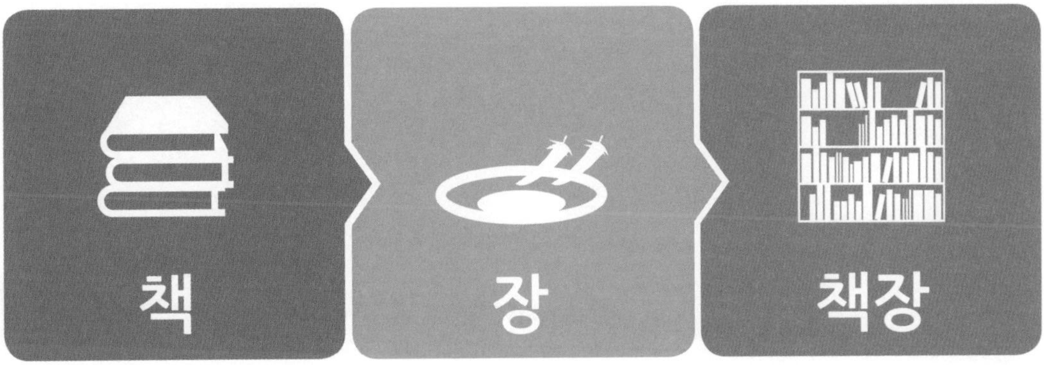

책

音 [책]
羅 chaek
諧 尺

意 書
名 漢〔冊〕

書店是賣書的地方。
서점은 책을 파는 곳이에요 .
[서저믄 채글 파는 고시에요]
[seo.jeo.meun/ chae.geul/ pa.neun/ go.si.e.yo]
[梳.助.悶/ 車.(固 L)/ 趴.noon/ call.思.誒.唷]

장

音 [장ː] [1,2,3,4]
[장] [5,6,7]
羅 jang
諧 撐

意 醬[1]・腸[2]・櫃[3]・長(最高位者)[4]・場地、市集[5]・章節[6]・張(數量)[7]
名 漢〔醬〕[1] 名 漢〔腸〕[2] 名 漢〔欌〕[3] 名 漢〔長〕[4]
名 漢〔場〕[5] 名 漢〔章〕[6] 依 漢〔張〕[7]

醬料醃製是韓國飲食文化之一。
장을 담그는 것은 한국 음식 문화 중에 하나예요 .
[장을 담그는 거슨 한구 금싱 문화 중에 하나예요]
[jang.eul/ dam.geu.neun/ geo.seun/ han.gu/ geum.sing/ mun.hwa/ jung.e/ ha.na.ye.yo]
[撐.(嗚 L)/ 談.固.noon/ call.soon/ 慳.姑/ goom.sing/ 門.(who-哇)/ 中.誒/ 哈.那.夜.唷]

책장

音 [책짱]
羅 chaek.jjang
諧 尺.爭

意 書櫃、書櫥、書架[1]・書頁[2] 名 漢〔冊欌〕[1] 名 漢〔冊張〕[2]

書櫃裏滿是與韓國語相關的書。
책장에는 한국어와 관련된 책으로 가득해요 .
[책짱에는 한구거와 괄련뒌 채그로 가드캐요]
[chaek.jjang.e.neun/ han.gu.geo.wa/ kwal.lyeon.dwen/ chae.geu.ro/ ga.deu.kae.yo]
[尺.爭.誒.noon/ 慳.姑.個.哇/ (誇 L).(lee-on).(do-when)/ 車.固.raw/ 卡.do.騎.唷]

피

자

피자

피

音 [피]

羅 pi

諧 pee*

*粵語「篇(pin1)」的「pi」音

意 血[1]・呸[2]

名 固有語[1,2]　副 固有語[2]

手指被紙割傷，所以流血了。

손가락을 종이에 베여서 피가 나요 .

[손까라글　종이에　베여서　피가　나요]

[son.kka.ra.geul/ jong.i.e/ be.yeo.seo/ pi.ga/ na.yo]

[詢.加.啦.(固 L)/ 從.易.誒/ pair.唷.梳/ pee.加/ 拿.唷]

자

音 [자]

羅 ja

諧 查

意 尺[1]・字[2]・者、家伙[3]・喂、來、好、唉[4]

名 固有語[1]　名 漢〔字〕[2]　依 漢〔者〕[3]　感 固有語[4]

用尺量度了長度和闊度。

자로 길이와 넓이를 잿어요 .

[자로　기리와　널비를　재써요]

[ja.ro/ gi.ri.wa/ neol.bi.reul/ jae.sseo.yo]

[查.raw/ key.lee.哇/ (挪 L).bee.rule/ 斜.傻.唷]

피자

音 [피자]

羅 pi.ja

諧 pee*.炸

*粵語「篇(pin1)」的「pi」音

意 披薩、意大利薄餅　名 外〔pizza〕

最近孩子們更喜歡吃意大利薄餅之類的西餐。

요즘 아이들은 피자 같은 서양 음식을 더 좋아해요 .

[요즈　마이드른　피자　가튼　서양　음시글　더　조아해요]

[yo.jeu/ ma.i.deu.reun/ pi.ja/ ga.teun/ seo.yang/ eum.si.geul/ deo/ jo.a.hae.yo]

[唷.jew/ 罵.姨.do.論/ pee.炸 / 卡.tune/ 梳.young/ oom.思.(固 L)/ 陀/ 錯.亞.hea.唷]

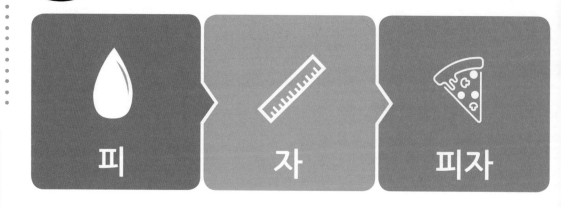

효자

손

효자손

효자

音 [효:자]

羅 hyo.ja

諧 (he-all).炸

意 孝子

名 漢〔孝子〕

我丈夫以孝子聞名。

우리 남편은 효자로 소문났어요 .

[우리 남펴는 효자로 소문나써요]
[u.ri/ nam.pyeo.neun/ hyo.ja.ro/ so.mun.na.sseo.yo]
[嗚.lee/ 男.(pee-all).noon/ (he-all).炸.raw/ 梳.悶.拿.傻.唷]

손

音 [손][1]
[손:][2]

羅 son

諧 信

意 手、手指、人手、手上、幫助、管理別人的能力[1]·客人、顧客[1]·孫子孫女[2]

名 固有語[1]　名 漢〔孫〕[2]

餐前一定要把手洗乾淨。

식사 전에 꼭 손을 깨끗이 씻어요 .

[식싸 저네 꼭 쏘늘 깨끄시 씨서요]
[sik.ssa/ jeo.ne/ kkok/ sso.neul/ kkae.kkeu.si/ ssi.seo.yo]
[seek.沙 / 錯.呢/ 谷/ 詢.nool/ 嘅.姑.思/ 思.梳.唷]

효자손

音 [효:자손]

羅 hyo.ja.son

諧 (he-all).炸.信

意 不求人、抓耙子　名 漢〔孝子手〕

背部痕癢的時候用不求人抓癢就可以了。

등이 간지러울 때는 효자손으로 긁으면 돼요 .

[등이 간지러울 때는 효자소느로 글그면 돼요]
[deung.i/ gan.ji.reo.ul/ ttae.neun/ hyo.ja.so.neu.ro/ geul.geu.myeon/ dwae.yo]
[同.姨/ 勤.知.囉.(嗚 L)/ 爹.noon/ (he-all).炸.詢noo.raw/ cool.姑.(me-on)/ (to-where).唷]

3.8

同字生根篇

詞彙當中，名詞佔最多，而動詞、形容詞、副詞等詞彙也不少，全背起來相當吃力。

「同字生根」的意思是在一個名詞後面加一個根，動詞和形容詞的基本形，字根都以「다」結束，因此被稱為語根，而「다」之前的字為語幹。「同字生根」的方法，就是把名詞加上「다」成為動詞或形容詞，而本身的名詞就成為其語幹。並不是每個名詞都可以這樣做，但可以透過查辭典來發掘新詞彙。

例如，今天學了一個新的名詞是「입（嘴巴）」，試著在「입」字後面加上「다」，變成「입다」，查一下辭典，看看有沒有「입다」一詞，如果沒有，可以不用記住；有的話，就把意思記下來：「입다」即是「穿衣服」，這樣連動詞也學起來了。

名詞				動詞	
嘴巴				穿衣服	
입	+	다	>	입	다
		語根		語幹	語根

개

音 [개ː][1] [개][2]
羅 gae
諧 騎

意 狗[1]、個、顆、塊[2]　名 固有語[1]　依 漢〔個／箇／介〕[2]

每天早上帶著狗去公園散步。
매일 아침에 개를 데리고 공원에 가서 산책해요 .
[매이 라치메 개를 데리고 공워네 가서 산채캐요]
[mae.i/ ra.chi.me/ gae.reul/ de.ri.go/ gong.wo.ne/ ga.seo/ san.chae.kae.yo]
[咩.姨/ 啦.痴.咩/ 騎.rule/ tare.lee.個/ 窮.喎.呢/ 卡.梳/ 山.車.騎.唷]

개다

音 [개ː다]
羅 gae.da
諧 騎.打

意 晴、轉晴・攪拌、揉和・疊、摺疊　動 固有語

衣服摺好後，放進衣櫃裏了。
옷을 갠 뒤 옷장에 넣었어요 .
[오슬 갠 뒤 옫짱에 너어써요]
[o.seul/ gaen/ dwi/ ot.jjang.e/ neo.eo.sseo.yo]
[哦.sool/ can/ (do-we)/ odd.爭.誒/ 挪.柯.傻.唷]

因為狗狗翻了衣櫃，所以我要重新摺疊衣服了。
개가 옷장을 뒤적거려서 저는 옷을 다시 개야 해요 .
[개가 옫짱을 뒤적꺼려서 저느 노슬 다시 개야 해요]
[gae.ga/ ot.jjang.eul/ dwi.jeok.kkeo.ryeo.seo/ jeo.neu/ no.seul/ da.si/ gae.ya/ hae.yo]
[騎.加/ odd.爭.(嗚 L)/ (to-we).作.哥.(lee-all).梳/ 錯.noon/ 哦.sool/ 他.思/ 騎.也/ hea.唷]

기대

音 [기대]
羅 gi.dae
諧 key*.爹
*粵語「虔(kin4)」的「ki」音

意 期待、期望　名 漢〔期待／企待〕

期待下個月的韓國旅行。
다음 달의 한국 여행이 기대가 돼요 .
[다음 다레 한궁 녀행이 기대가 돼요]
[da.eum/ da.re/ han.gung/ nyeo.haeng.i/ gi.dae.ga/ dwae.yo]
[他.oom/ 打.哩/ 慳.公/ (knee-all).hang.姨/ key.爹.加/ (to-where).唷]

기대다

音 [기ː대다]
羅 gi.dae.da
諧 key*.爹.打
*粵語「虔 (kin4)」的「ki」音

意 依賴、依靠・倚著、靠著　動 固有語

請不要靠著自動門。
자동문에 기대지 마세요 .
[자동무네 기대지 마세요]
[ja.dong.mu.ne/ gi.dae.ji/ ma.se.yo]
[查.洞.moo.呢/ key.爹.知/ 罵.些.唷]

比起依靠別人，請試著相信並期待自己的力量吧。
다른 사람에게 기대기보다는 자신의 힘을 믿고 기대해 보세요 .
[다른 사라메게 기대기보다는 자시네 히믈 믿꼬 기대해 보세요]
[da.reun/ sa.ra.me.ge/ gi.dae.gi.bo.da.neun/ ja.si.ne/ hi.meul/ mit.kko/ gi.dae.hae/ bo.se.yo]
[他.論/ 沙.啦.咩.嘅/ key.爹.gi.播.打.noon/ 查.思.呢/ he.mool/ 滅.哥/ key.爹.hea/ 破.些.唷]

깨

音 [깨]
羅 kkae
諧 嘅*
*粵語「基 (gei1)」的「ge」音

意 芝麻　　名 固有語

在料理上面撒上少許芝麻，看起來既變得漂亮，又美味開胃。

요리 위에 깨를 조금 뿌리면 보기에도 예뻐지고 먹음직스러워요 .

[요리 위에 깨를 조금 뿌리면 보기에도 예뻐지고 머금직쓰러워요]
[yo.ri/ wi.e/ kkae.reul/ jo.geum/ ppu.ri.myeon/ bo.gi.e.do/ ye.ppeo.ji.go/ meo.geum.jik.sseu.reo.wo.yo]
[唷.lee/ we.誒/ 嘅.rule/ 助.goom/ bull.lee.(me-on)/ 破.gi.誒.多/ 夜.波.志.哥/ 磨.goom.織.sue.raw.喎.唷]

깨다

音 [깨:다]
羅 kkae.da
諧 嘅*.打
*粵語「基 (gei1)」的「ge」音

意 打破、打碎、毀．醒、覺醒、覺悟、清醒　　動 固有語

睡覺時因為做了個噩夢而醒過來。

자다가 악몽을 꿔서 깼어요 .

[자다가 앙몽을 꿔서 깨써요]
[ja.da.ga/ ang.mong.eul/ kkwo.seo/ kkae.sseo.yo]
[查.打.加/ 罌.夢.(嗚 L)/ (姑-喎).梳/ 嘅.傻.唷]

正在睡覺的孩子聞到香噴噴的芝麻味後就醒過來了。

자고 있던 아이가 고소한 깨 냄새를 맡고 깼어요 .

[자고 읻떠 나이가 고소한 깨 냄새를 맏꼬 깨써요]
[ja.go/ it.tteo/ na.i.ga/ go.so.han/ kkae/ naem.sae.reul/ mat.kko/ kkao.oooo.yo]
[查.個/ it.多/ 拿.姨.加/ call.梳.慳/ 嘅/ nem.些.rule/ 襪.哥/ 嘅.傻.唷]

낮

音 [낟]
羅 nat
諧 nut

意 白天、白日　　名 固有語

白天睡了午覺，晚上睡不著呢！

낮에 낮잠을 잤더니 밤에 잠이 안 오네요 .

[나제 낟짜믈 잗떠니 바메 자미 아 노네요]
[na.je/ nat.jja.meul/ jat.tteo.ni/ ba.me/ ja.mi/ a/ no.ne.yo]
[拿.姐 / nut.渣.mool/ 擦.多.knee/ 怕.咩/ 查.me/ 亞/ 挪.呢.唷]

낮다

音 [낟따]
羅 nat.tta
諧 nut.打

意 矮．低．細、低微　　形 固有語

在香港，低矮的建築物不多。

홍콩에는 낮은 건물이 많지 않아요 .

[홍콩에는 나즌 건무리 만치 아나요]
[hong.kong.e.neun/ na.jeun/ geon.mu.ri/ man.chi/ a.na.yo]
[空.cone.誒.noon/ 拿.俊/ corn.moo.lee/ 慢.痴/ 亞.那.唷]

孩子們白天爬上低矮的小丘玩。

아이들은 낮에 낮은 언덕에 올라가서 놀았어요 .

[아이드른 나제 나즈 넌더게 올라가서 노라써요]
[a.i.deu.reun/ na.je/ na.jeu/ neon.deo.ge/ ol.la.ga.seo/ no.ra.sseo.yo]
[亞.姨.do.論/ 拿.姐/ 拿.俊/ 按.多.嘅/ owl.啦.卡.梳/ 挪.啦.傻.唷]

배우

音 [배우]
羅 bae.u
諧 pair*.嗚
*粵語「擗 (pek6)」的「pe」音

意 演員　名 漢〔俳優〕

戲劇演員要好好背好台詞。
연극 배우는 대사를 잘 외워야 해요 .
[연극 빼우는 대사를 자 뤠워야 해요]
[yeon.geuk/ ppae.u.neun/ dae.sa.reul/ ja/ rwe.wo.ya/ hae.yo]
[yon.谷/ 啤.嗚.noon/ tare.沙.rule/ (查 L)/ where.喎.也/ hea.唷]

배우다

音 [배우다]
羅 bae.u.da
諧 pair*.嗚.打
*粵語「擗 (pek6)」的「pe」音

意 學、學習、效法　動 固有語

那位演員從配偶身上學到的東西很多。
그 배우는 배우자에게서 배우는 점이 많아요 .
[그 배우는 배우자에게서 배우는 저미 마나요]
[geu/ bae.u.neun/ bae.u.ja.e.ge.seo/ bae.u.neun/ jeo.mi/ ma.na.yo]
[箍/ pair. 嗚.noon/ pair.嗚.炸.誒.嘅.梳/ pair.嗚.noon/ 錯.me/ 罵.那.唷]

雖然是演員出身，但也兼學了唱歌，所以正準備當歌手。
배우 출신이지만 노래도 함께 배워서 가수 준비를 하고 있어요 .
[배우 출시니지만 노래도 함께 배워서 가수 준비를 하고 이써요]
[bae.u/ chul.si.ni.ji.man/ no.rae.do/ ham.kke/ bae.wo.seo/ ga.su/ jun.bi.reul/ ha.go/ i.sseo.yo]
[pair.嗚/ chool.先.knee.知.蚊/ 挪.哩.多/ 堪.嘅/ pair.喎.梳/ 卡.sue/ 蠢.bee.rule/ 哈.哥/ 易.傻.唷]

빗

音 [빋]
羅 bit
諧 撇

意 梳子　名 固有語

通常女生的手袋裏有梳子。
보통 여자의 가방 안에는 빗이 들어 있어요 .
[보통 녀자에 가방 아네는 비시 드러 이써요]
[bo.tong/ nyeo.ja.e/ ga.bang/ a.ne.neun/ bi.si/ deu.reo/ i.sseo.yo]
[破.通/ 唷.炸.誒/ 卡.崩/ 亞.呢.noon/ pee.思/ to.raw/ 易.傻.唷]

빗다

音 [빋따]
羅 bit.da
諧 撇.打

意 梳　動 固有語

男生們不梳頭的話會戴帽子出門。
남자들은 머리를 안 빗으면 모자를 쓰고 외출해요 .
[남자드른 머리르 란 비스면 모자를 쓰고 웨출해요]
[nam.ja.deu.reun/ meo.ri.reu/ ran/ bi.seu.myeon/ sseu.go/ we.chul.hae.yo]
[男.炸.do.論/ 磨 lee.rule/ 晏/ pee.sue.(me-on)/ sue.個/ where.choo.哩.唷]

沒有梳子的時候，就用手指梳頭。
빗이 없을 때는 머리를 손가락으로 빗어요 .
[비시 업쓸 때는 머리를 손까라그로 비서요]
[bi.si/ eop.sseul/ ttae.neun/ meo.ri.reul/ son.kka.ra.geu.ro/ bi.seo.yo]
[pee.思/ op.sool/ 爹.noon/ 磨.lee.rule/ 信.加.啦.固.raw/ pee.梳.唷]

빚

音 [빋]
羅 bit
諧 撇

意 債、負債、欠債　名 固有語

還清了債務，所以現在過新的生活。
빚을 다 갚아서 이제 새로운 삶을 살게 되었어요 .
[비즐 다 가파서 이제 새로운 살믈 살께 뒈어써요]
[bi.jeul/ da/ ga.pa.seo/ i.je/ sae.ro.un/ sal.meul/ sal.kke/ dwe.eo.sseo.yo]
[pee.jool/ 他/ 卡.趴.梳/ 易.姐/ 些.raw.換/ (沙 L).mool/ (沙 L).嘅/ (to-where).柯.傻.唷]

빚다

音 [빋따]
羅 bit.da
諧 撇.打

意 揉和、包、塑・釀・造成、導致、招致　動 固有語

我們家中秋節的時候，全部人一起包松餅。
우리 가족은 추석에 송편을 다 함께 빚어요 .
[우리 가조근 추서게 송펴늘 다 함께 비저요]
[u.ri/ ga.jo.geun/ chu.seo.ge/ song.pyeo.neul/ da/ ham.kke/ bi.jeo.yo]
[嗚.lee/ 卡.助.官/ choo.梳.嘅/ 鬆.(pee-all).nool/ 他/ 堪.嘅/ pee.助.唷]

以做年糕賣的生意來還清所有債務。
떡을 빚어 파는 일로 빚을 다 갚았어요 .
[떠글 비저 파는 닐로 비즐 다 가파써요]
[ttoo.geul/ bi.jeo/ pa.neun/ nil.lo/ bi.jeul/ da/ ga.pa.sseo.yo]
[多.(固 L)/ pee.助/ 趴.noon/ nil.囉/ pee.jool/ 他/ 卡.趴.傻.唷]

새

音 [새:][1,2]
[새][3]
羅 sae
諧 些

意 鳥[1]・之間、間隔、隙[2]・新、生、新鮮[3]　名 固有語[1,2]　冠 固有語[3]

樹上有一隻鳥。
나무 위에 새 한 마리가 있어요 .
[나무 위에 새 한 마리가 이써요]
[na.mu/ wi.e/ sae/ han/ ma.ri.ga/ i.sseo.yo]
[拿.moo/ we.誒/ 些/ 慳/ 罵.lee.加/ 易.傻.唷]

새다

音 [새다][1]
[새:다][2]
羅 sae.da
諧 些.打

意 漏、透漏、泄、走漏[1]・亮、天亮、破曉[2]　動 固有語[1,2]

爆胎了，所以車胎正在漏氣。
펑크가 나서 타이어에서 바람이 새고 있어요 .
[펑크가 나서 타이어에서 바라미 새고 이써요]
[peong.keu.ga/ na.seo/ ta.i.eo.e.seo/ ba.ra.mi/ sae.go/ i.sseo.yo]
[pong.箍.加/ 拿.梳/ 他.姨.柯.誒.梳/ 怕.啦.me/ 些.哥/ 易.傻.唷]

天亮了，新的一天又開始了。
날이 새고 또 다른 새 하루를 시작해요 .
[나리 새고 또 다른 새 하루를 시자캐요]
[na.ri/ sae.go/ tto/ da.reun/ sae/ ha.ru.reul/ si.ja.kae.yo]
[拿.lee/ 些.哥/ 多/ 他.論/ 些/ 哈.roo.rule/ 思.炸.騎.唷]

입

音 [입]
羅 ip
諧 葉

意 口、嘴巴、話題、口味　名 固有語

不要向嘴不嚴的人說秘密。
입이 싼 사람에게 비밀을 말하지 마세요 .
[이비 싼 사라메게 비미를 말하지 마세요]
[i.bi/ ssan/ sa.ra.me.ge/ bi.mi.reul/ mal.ha.ji/ ma.se.yo]
[易.be/ 山/ 沙.啦.咩.嘅/ be.me.rule/ (罵 L).哈.知/ 罵.些.唷]

입다

音 [입따]
羅 ip.tta
諧 葉.打

意 穿（衣服）・遭受、沾、承受・難受、痛苦　動 固有語

姐姐穿著漂亮的連衣裙出去約會了。
언니가 예쁜 원피스를 입고 데이트를 하러 나갔어요 .
[언니가 예쁘 눤피스를 립꼬 데이트를 하러 나가써요]
[eon.ni.ga/ ye.ppeu/ nwon.pi.seu.reul/ lip.kko/ de.i.teu.reul/ ha.reo/ na.ga.sseo.yo]
[按.knee.加/ 夜.撥/ won.pee.sue.rule/ 葉.哥/ tare.姨.too.rule/ 哈.raw/ 拿.加.傻.唷]

妹妹穿的 T 恤有嘴形花紋。
여동생이 입은 티셔츠에는 입 모양 무늬가 있어요 .
[여동생이 이븐 티셔츠에는 님 모양 무니가 이써요]
[yeo.dong.saeng.i/ i.beun/ ti.syeo.cheu.e.neun/ nim/ mo.yang/ mu.ni.ga/ i.sseo.yo]
[唷.冬.sang.姨/ 易.半/ tee.shaw.choo.誒.noon/ 驗/ 磨.young/ moo.knee.加/ 易.傻.唷]

자

音 [자]
羅 ja
諧 查

意 尺[1]・字[2]・者、家伙[3]・喂、來、好、唉[4]
名 固有語[1]　名 漢〔字〕[2]　依 漢〔者〕[3]　感 固有語[4]

我有 15 厘米長的尺。
저는 십오 센티미터짜리 자가 있어요 .
[저는 시보 센티미터짜리 자가 이써요]
[jeo.neun/ si.bo/ sen.ti.mi.teo.jja.ri/ ja.ga/ i.sseo.yo]
[錯.noon/ 思.播/ send.tea.me.拖.渣.lee/ 查.加/ 易.傻.唷]

자다

音 [자다]
羅 ja.da
諧 查.打

意 睡覺・停止、平靜　動 固有語

聽說睡午覺的話工作效率更高。
낮잠을 자면 일에 효율이 더 높대요 .
[낟짜믈 자면 니레 효유리 더 놉때요]
[nat.jja.meul/ ja.myeon/ ni.re/ hyo.yu.ri/ deo/ nop.ttae.yo]
[nut.渣.mool/ 查.(me-on)/ knee.哩/ (he-all).you.lee/ 陀/ nope.爹.唷]

因為上課的時候睡覺，所以老師用尺子打了我的手掌。
수업 시간에 자는 바람에 선생님이 자로 제 손바닥을 때리셨어요 .
[수업 씨가네 자는 바라메 선생니미 자로 제 손빠다글 때리셔써요]
[su.eop/ ssi.ga.ne/ ja.neun/ ba.ra.me/ seon.saeng.ni.mi/ ja.ro/ je/ son.ppa.da.geul/ ttae.ri.syeo.sseo.yo]
[sue.op/ 思.加.呢/ 查.noon/ 怕.啦.咩/ sawn.sang.knee.me/ 查.raw/ 斜/ 信.爸.打.(固 L)/ 爹.lee.shaw.傻.唷]

其他詞彙

韓文	意思	韓文	意思
다리	腿・橋	다리다	熨
달	月亮・月・月份	달다	甜・懸掛・佩戴
말	馬・說話・末	말다	停止・不要・卷
매달	每月	매달다	懸掛・依賴、靠
물	水・顏色	물다	咬、叮咬・償還
불	火・佛	불다	（風）吹・掀起（熱潮）
비	雨・碑・妃子・掃帚	비다	空・空手・空餘・空出
빚	債務	빚다	打・包、揉、捏、釀
빨리	快、趕快、儘快	빨리다	吮吸・進入、墮入、陷入
사	數字四・死	사다	購買・換錢・自討・顧用
살	肉、肌膚、皮膚・邪氣	살다	生存・過生活
새	鳥・新的	새다	滲漏・傳出・天亮・溜掉
오	數字五・（姓）吳、伍	오다	來・來臨・降下・到達・傳來
오리	鴨子	오리다	剪
우리	我們、咱們	우리다	照耀、直射・泡、熬・騙取、敲詐
차	茶・車・次	차다	踢、踹・涼、冷・冷漠・充滿・滿意・達到・佩戴
팔	數字八・手臂	팔다	賣、銷售・出賣
풀	草・漿糊、膠水・游泳池	풀다	解開・化解、消除
피	血・血緣	피다	綻放、開・燃燒

3.9

加一字，多一義篇

與「同字生根」的方法類似，但不是固定加「다」字，也不是加在字的最後，而是可以加一個字在不同的位置，加的字也不一定有意思。加一個字，就變成新的詞彙，也是一種一舉兩得的方法。例如：

다리 （腿 / 橋）	+	미	>	다리미 （熨斗）
아	+	주머니 （口袋）	>	아주머니 （大嬸 / 阿姨）

這種方法，是要透過自己學習過程累積的詞彙來分析，比較不容易察覺。可以倒過來想，比如今天學了「주전자（水壺）」這個字，三個字裏面有兩個字「전자（電子）」好像可以抽出來，並有意思的，查辭典確認一下就可以。

주전자 （水壺）	>	주	+	전자 （電子）

다리

音 [다리]
羅 da.ri
諧 他*.lee
*粵語「嘆(taan3)」的「taa」音

意 腿・橋樑　名 固有語

因為腿受傷了，所以暫時不能上學去。
다리를 다쳐서 당분간 학교에 못 갈 거예요 .
[다리를 다쳐서 당분간 학꾜에 못 깔 꺼예요]
[da.ri.reul/ da.chyeo.seo/ dang.bun.gan/ hak.kkyo.e/ mot/ kkal/ kkeo.ye.yo]
[他.lee.rule/ 他.初.梳/ tounge.搬.間/ 黑.鋸.誒/ 沒/ (加 L)/ 哥.夜.唷]

다리미

音 [다리미]
羅 da.ri.mi
諧 他*.lee.me
*粵語「嘆(taan3)」的「taa」音

意 熨斗　名 固有語

使用熨斗熨衣服。
다리미를 사용해 다림질을 해요 .
[다리미를 사용해 다림지를 해요]
[da.ri.mi.reul/ sa.yong.hae/ da.rim.ji.reul/ hae.yo]
[他.lee.me.rule/ 沙.用.hea/ 他.rim.知.rule/ hea.唷]

腿上留下熨斗燙傷的疤痕。
다리에 다리미에 덴 흉터가 남아 있어요 .
[다리에 다리미에 덴 흉터가 나마 이써요]
[da.ri.e/ da.ri.mi.e/ den/ hyung.teo.ga/ na.ma/ i.sseo.yo]
[他.lee. 誒/ 他.lee.me.誒 / ten/ (he-翁).拖.加/ 拿.媽/ 易.傻.唷]

딸

音 [딸]
羅 ttal
諧 (打L)

意 女兒　名 固有語

姨母只有一個女兒。
이모님은 딸 한 명만 있으세요 .
[이모니믄 딸 한 명만 니쓰세요]
[i.mo.ni.meun/ ttal/ han/ myeong.man/ ni.sseu.se.yo]
[易.麼.knee.悶 / (打 L)/ 慳/ (me-yawn)/ 易.sue.些.唷]

딸기

音 [딸:기]
羅 ttal.gi
諧 (打L).gi

意 士多啤梨、草莓　名 固有語

韓國生產的士多啤梨又甜又多汁。
한국산 딸기는 달고 과즙이 많아요 .
[한국싼 딸기는 달고 과즈비 마나요]
[han.guk.ssan/ ttal.gi.neun/ dal.go/ gwa.jeu.bi/ ma.na.yo]
[慳.谷.山/ (打 L).gi.noon/ (他 L).個/ 誇.jew.be/ 罵.那.唷]

和女兒在士多啤梨農場摘了很多士多啤梨。
딸과 딸기 체험 농장에서 딸기를 많이 땄어요 .
[딸과 딸기 체험 농장에서 딸기를 마니 따써요]
[ttal.gwa/ ttal.gi/ che.heom/ nong.jang.e.seo/ ttal.gi.reul/ ma.ni/ tta.sseo.yo]
[(打 L).瓜/ (打 L).gi/ 車.hom/ 濃.爭.誒.梳/ (打 L).gi.rule/ 罵.knee/ 打.傻.唷]

배우

音 [배우]
羅 bae.u
諧 pair*.嗚
*粵語「擗 (pek6)」的「pe」音

意 演員　名 漢〔俳優〕

那位演員以演技好而聞名。
그 배우는 연기를 잘하는 것으로 유명해요 .
[그 배우는 　녇기를 　잘하는 　거스로 　유명해요]
[geu/ bae.u.neun/ nyeon.gi.reul/ jal.ha.neun/ geo.seu.ro/ yu.myeong.hae.yo]
[箍/ pair.嗚.noon/ (knee-on).gi.rule/ (查 L).哈.noon/ 個.sue.raw/ you.(me-yawn).hea.唷]

배우자

音 [배우자]
羅 bae.u.ja
諧 pair*.嗚.炸
*粵語「擗 (pek6)」的「pe」音

意 配偶、伴侶　名 漢〔配偶者〕

幸好有好的配偶。
좋은 배우자가 있어서 다행이에요 .
[조은 　배우자가 　이써서 　다행이에요]
[jo.eun/ bae.u.ja.ga/ i.sseo.seo/ da.haeng.i.e.yo]
[錯.換/ pair.嗚.炸.加/ 易.梳.梳/ 他.hang.易.誒.唷]

那位演員的配偶也是演員。
그 배우의 배우자도 배우예요 .
[그 배우에 　배우자도 　배우예요]
[geu/ bae.u.e/ bae.u.ja.do/ bae.u.ye.yo]
[箍/ pair.嗚.誒/ pair.嗚.炸.多/ pair.嗚.夜.唷]

침

音 [침]
羅 chim
諧 簽

意 唾液、口水 [1]．針 (中醫針灸) [2]．針、刺針 (電子) [3]
名 外〔chip〕[1]　名 外〔鍼〕[2]　名 外〔針〕[3]

美味的食物在前面的話，光是看著就會流口水。
맛있는 음식이 앞에 있으면 보기만 해도 침이 나와요 .
[마신느 　늠시기 　아페 　이쓰면 　보기만 　해도 　치미 　나와요]
[ma.si.neu/ neum.si.gi/ a.pe/ i.sseu.myeon/ bo.gi.man/ hae.do/ chi.mi/ na.wa.yo]
[罵.思.noon/ oom.思.gi/ 亞.pair/ 易.sue.(me-on)/ 破.gi.蚊/ hea.多/ 痴.me/ 拿..唷]

침대

音 [침:대]
羅 chim.dae
諧 簽.爹

意 床　名 漢〔寢臺〕

因為是單人床，所以太窄了。
일인 침대라 너무 좁아요 .
[이린 　침대라 　너무 　조바요]
[i.rin/ chim.dae.ra/ neo.mu/ jo.ba.yo]
[姨.連/ 簽.爹.啦/ 挪.moo/ 錯.爸.唷]

流著口水睡著睡著，差點從床上跌下來。
침까지 흘리면서 자다가 침대에서 떨어질 뻔했어요 .
[침까지 　흘리면서 　자다가 　침대에서 　떠러질 　뻔해써요]
[chim.kka.ji/ heul.li.myeon.seo/ ja.da.ga/ chim.dae.e.seo/ tteo.reo.jil/ ppeon.hae.sseo.yo]
[簽.加.知/ who.lee.(me-on).seo/ 查.打.加/ 簽.爹.誒.梳/ 多.raw.jill/ 波.呢.傻.唷]

其他詞彙

韓文	意思	韓文	意思
게	蟹	가게	商店
공원	〔公園〕公園	공무원	〔公務員〕公務員
과자	〔菓子〕零食、餅乾	과학자	〔科學者〕科學家
구두	皮鞋	구두쇠	吝嗇鬼、小氣鬼
도시	〔都市〕城市	도시락	飯盒
독감	〔毒感〕流行性感冒	고독감	〔孤獨感〕孤獨感
사랑	愛、愛情	사랑니	智慧齒
사실	〔事實〕事實	사무실	〔事務室〕辦公室
상사	〔上司〕上司	상사병	〔相思病〕相思病
스키	〔ski〕滑雪	위스키	〔whisky〕威士忌
아이	小孩	아이스	〔ice〕冰
여름	夏天	여드름	青春痘
유자	柚子、〔幼子〕幼子、 〔遺子〕遺子、〔儒子〕儒生	소유자	〔所有者〕所有者
유자	柚子、幼子、遺子、儒生	유전자	〔遺傳子〕遺傳基因
주머니	口袋	아주머니	大嬸、阿姨
회원	〔會員〕會員	회사원	〔會社員〕公司職員

3.10

象形篇

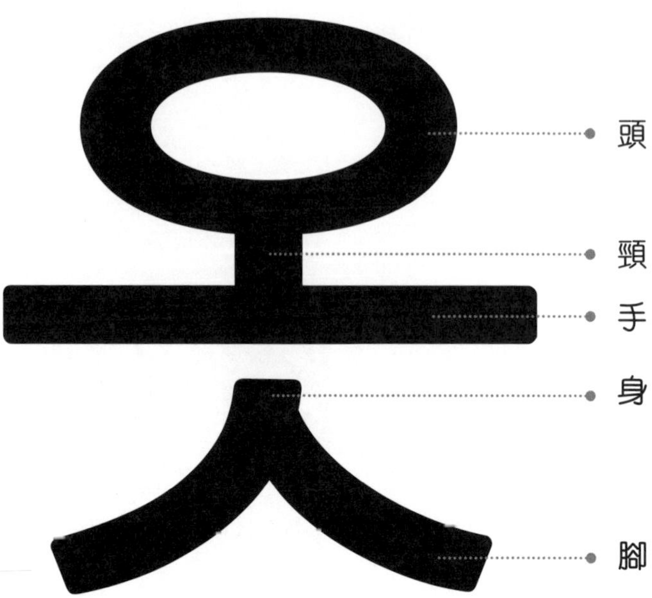

人是有穿衣服的

這個「옷」字長得像一個「人」一樣

意 衣服　名 固有語

옷

音 [옫]
羅 ot
諧 活

女生們每天在苦惱該穿什麼樣的衣服。

여자들은 매일 어떤 옷을 입을지 고민해요 .

[여자드른　매이　러떠　노슬　리블찌　고민해요]
[eo.ja.deu.reun/ mae.i/ reo.tteo/ no.seul/ li.beul.jji/ go.min.hae.yo]
[唷.炸.do.論/ 咩.ill/ 啊.don/ 哦.sool/ 易.bull.知/ call.面.呢.唷]

웃다·울다

被人取笑自己哭

「웃」字的收音像「人」字
「울」字的收音像「己」字

울다

音 [울:다]
羅 ul.da
諧 (嗚 ㄴ).打

意 哭、鳴叫、皺　動 固有語

和男朋友分手後哭了很多。
남자 친구와 헤어져서 많이 울었어요 .
[남자　친구와　　헤어져서　　마니　우러써요]
[nam.ja/ chin.gu.wa/ he.eo.jyeo.seo/ ma.ni/ u.reo.sseo.yo]
[男.炸/ 千.固.哇/ hea.柯.助.梳/ 罵.knee/ 嗚.囉.傻.唷]

웃다

音 [욷:따]
羅 ut.tta
諧 活.打

意 笑　動 固有語

經常笑的話幸福就會找來。
자주 웃으면 행복이 찾아올 거예요 .
[자주　우스면　　행보기　　차자올　　꺼예요]
[ja.ju/ u.seu.myeon/ haeng.bo.gi/ cha.ja.ol/ kkeo.ye.yo]
[査.jew/ 嗚.sue.(me-on)/ hang.卜.gi/ 差.炸.old/ 哥.夜.唷]

心情傷心難過的時候就痛快地哭出來；高興的時候就大笑吧。
마음이 슬플 땐 속시원하게 울어 버리고 기쁠 땐 크게 웃으세요 .
[마으미　슬플　땐　속씨원하게　　우러　버리고　기쁠　땐　크게　우스세요]
[ma.eu.mi/ seul.peul/ ttaen/ sok.ssi.won.ha.ge/ u.reo/ beo.ri.go/ gi.ppeul/ ttaen/ keu.ge/ u.seu.se.yo]
[罵.嗚.me/ sool.pool/ den/ 叔.思.嗚.那.嘅/ 嗚.囉/ 破.lee.個/ key.bull/ den/ 箍.嘅/ 嗚.sue.些.唷]

3.11

遊戲篇

急口令（잰말놀이）
接龍遊戲（끝말잇기）
猜歌名（노래 제목 맞추기）
初聲猜字（초성퀴즈）

急口令(잰말놀이)

急口令遊戲，比起學習詞彙，更是練習發音的方法之一。急口令語句通常都是把相似發音的字拼在一起組成句子，透過與朋友一起比誰最快最精準，增加學習動力。

以下是三句最基本的急口令，來練習看看吧！

①

哲秀的	書桌	是鐵	書桌
철수	**책상**	**철**	**책상**

②

醬油	工廠	工廠廠長是	姜	工廠廠長
간장	**공장**	**공장장은**	**강**	**공장장이고**
大醬	工廠	工廠廠長是	孔	工廠廠長
된장	**공장**	**공장장은**	**공**	**공장장이다**

③

我	畫的	長頸鹿	畫是	畫得好的	長頸鹿	畫
내가	**그린**	**기린**	**그림은**	**잘 그린**	**기린**	**그림이고**
你	畫的	雲	畫是	畫得不太好的	雲	畫
네가	**그린**	**구름**	**그림은**	**잘 못 그린**	**구름**	**그림이다**

接龍遊戲(끝말잇기)

文字接龍遊戲並不只限於韓文，其他語言也適用，玩法很簡單，先出一個單詞，然後用該單詞的最後一個字，作為下一個單詞的開首，接著下去，直到沒有字能接下去為止。但只接名詞，不能接形容詞、動詞等，也不得接人的名字，不能重複使用同一個詞語。若要提升難度，可以規範只限三個字的詞語，或兩個字的詞語。

以中文為例：

單詞 → 詞語 → 語法 → 法國 → 國家 → 家庭 → 庭園 → 園藝 → 藝術 → 術語……

韓文也一樣，但是有一點點限制，由於「ㄹ」為首的單詞不多，因為可以把「ㄹ」開首的字改為「ㄴ」或「ㅇ」為首的字接下去。例如：

랑 → 낭　　뉴 / 류 → 유　　녁 / 력 → 역

試著用韓文接龍吧！

韓國語	語彙力	歷史	辭典	電子	汽車	差別	別事	日程	庭園
한국어→	**어휘력→**	**역사→**	**사전→**	**전자→**	**자동차→**	**차별→**	**별일→**	**일정→**	**정원→**
猴子	離別	星座	絲帶	本店	店員	埋怨	芒果	番薯	截至
원숭이→	**이별→**	**별자리→**	**리본→**	**본점→**	**점원→**	**원망→**	**망고→**	**고구마→**	**마감→**
感動	童謠	瑜伽	歌手	毛巾	健康	講議	醫生	獅子	自信
감동→	**동요→**	**요가→**	**가수→**	**수건→**	**건강→**	**강의→**	**의사→**	**사자→**	**자신→**
新入生	生鮮	先生	生日	星期日	日記	期待	隊長	生意	老闆
신입생→	**생선→**	**선생→**	**생일→**	**일요일→**	**일기→**	**기대→**	**대장→**	**장사→**	**사장→**
將軍	軍人	打招呼	事實	實踐	天堂	麵條	手術	酒瓶	醫院
장군→	**군인→**	**인사→**	**사실→**	**실천→**	**천국→**	**국수→**	**수술→**	**술병→**	**병원→**
原價	傢具	購買	小賣部	分數	修理	領導人	暑氣	衛生	想法
원가→	**가구→**	**구매→**	**매점→**	**점수→**	**수리→**	**리더→**	**더위→**	**위생→**	**생각→**
角度	都市	市場	裝飾	進餐	愛	浪費	費用	零用錢	吉列豬排
각도→	**도시→**	**시장→**	**장식→**	**식사→**	**사랑→**	**낭비→**	**비용→**	**용돈→**	**돈가스→**
西班牙	人類	零食	餐廳	慌張	皇帝	題目	頸鏈	搬遷	蘋果
스페인→	**인간→**	**간식→**	**식당→**	**당황→**	**황제→**	**제목→**	**목걸이→**	**이사→**	**사과→**
過獎	贊成	成功	官方	食慾	欲望	心臟	玫瑰	美人	人生
과찬→	**찬성→**	**성공→**	**공식→**	**식욕→**	**욕심→**	**심장→**	**장미→**	**미인→**	**인생→**
生產	散步	書櫃	類型						
생산→	**산책→**	**책장→**	**장르**						

猜歌名(노래 제목 맞추기)

玩法：

先想想一首歌的歌詞，把發音以韓文標記，好處是可以訓練韓文的發音，但用韓文標音有局限性，無論是粵語還是英語，有些發音是不能直翻的，例如：英文的「f」音，在韓文會變成「ㅍ(p) / ㅎ(h)」音，「v」音會變成「ㅂ(b)」音。有些字要用兩個以上的韓文字標示，例如：「你」要用「네이」兩個音標記。粵語的音調也不能以韓文標記。

＊想知道自己標示的發音是否接近，可以叫韓國朋友唸一遍，或者用網絡上的翻譯工具，輸入韓文標記的歌詞，讓工具的發音功能唸一遍就可以。

猜猜以下是什麼歌曲：

1. 께이 . 떠 . 뚜의 지 . 족 . 어이 . 또우 . 께이 . 떠 . 수의 （粵語流行歌）
2. 틴 . 펑 . 데이 . 로우 . 라우 . 린 . 저이 . 머 . 틴 . 론 （粵語流行歌）
3. 동 . 헉 . 어이 . 산 . 신 륜 . 어이 . 따이 . 꿔 . 틴 （粵語流行歌）
4. 티엔 . 미 . 미 니 . 쌰오 . 뜨 . 뛰 . 티엔 . 미 （國語流行歌）
5. 쓰 . 니엔 . 스 . 이 . 종 . 흔 . 슈웬 . 뜨 . 똥 . 시 （國語流行歌）
6. 워 . 아이 . 뜨 . 른 뿌 . 스 . 워 . 뜨 . 아이 . 른 （國語流行歌）
7. 팅 . 마 . 마 . 뜨 . 화 삐에 . 랑 . 타 . 서우 . 상 （國語流行歌）
8. 위 . 위 . 슈 . 아 . 메 . 리 . 크리스 . 마스 （英語詩歌）
9. 튄 . 코우 . 튄 . 코우 . 리 . 투 . 스타 （英語兒歌）
10. 얀 . 얀 . 케이 . 멍 . 허 . 땃 . 떠우 （粵語兒歌）

註：「f」相關的音會用「ㅍ」代替，「v」相關的音會用「ㅂ」代替，兩個音或以上連續唸的話會字下會用橫線表示，如：「네이（你）」

……………………………………………………………………………………………………

答案：

幾多對 持續愛到幾多歲　　C AllStar《天梯》

天荒地老流連在摩天輪	陳奕迅《幸福摩天輪》
同學愛新鮮 戀愛大過天	Twins《戀愛大過天》
甜蜜蜜 你笑得多甜蜜	鄧麗君《甜蜜蜜》
思念是一種很玄的東西	王菲《我願意》
我愛的人 不是愛我的人	陳小春《我愛的人》
聽媽媽的話 別讓她受傷	周杰倫《聽媽媽的話》
We Wish You a Merry Christmas	聖誕歌《We wish you a Merry Christmas》
Twinkle, Twinkle, Little Star	英文兒歌《Twinkle, Twinkle, Little Star》
人人期望可達到	陳慧琳《多啦A夢》

初聲猜字（초성퀴즈）

韓文字的構造是由子音和母音組合而成一個音節（可參考 1.2 韓文結構和拼音），以「한자（漢字）」一詞為例：

		子音		母音		子音
한	=	ㅎ	+	ㅏ	+	ㄴ
漢		初聲 초성		中聲 중성		終聲 종성

		子音		母音
자	=	ㅈ	+	ㅏ
字		初聲 초성		中聲 중성

「한」字的初聲（초성）是「ㅎ」，而「자」字的初聲就是「ㅈ」。

玩法一：

遊戲玩法多元化，最基本的玩法是只提出兩個或以上的初聲，答出最多詞彙的一方勝出。一般為了增加難度，會加上規則，如：不能說人名、地方名等名詞。

假設，題目初聲為「ㅎ，ㅈ」時，就可以回答「한자（漢字）」、「호주（澳洲）」、「휴지（紙巾）」、「효자（孝子）」等等。初聲問題不一定是兩個字，也可以是三個字或以上，字愈多愈難。

ㅇ ㅅ　：인생（人生），의사（醫生），우산（雨傘），이사（搬遷）……
ㄷ ㄹ ㅁ：다리미（熨斗），독립문（獨立門），드라마（電視劇）……

玩法二：

用初聲出題，並給與一個提示，答案也只有一個。例如：

提示	題目	答案
韓國食物	ㄸ ㅂ ㅇ	떡볶이（辣炒年糕）
韓國 K-POP 偶像團體	ㅂ ㅌ ㅅ ㄴ ㄷ	방탄소년단（防彈少年團）
韓國電視劇名稱	ㅂ ㅇ ㅅ ㅇ ㄱ ㄷ	별에서 온 그대（來自星星的你）
地鐵站內出現的指示	ㅂ ㅃ ㅈ ㅈ ㅇ	발 빠짐 주의（小心您的腳步）

玩法三：

不用「初聲」出題，也可以用「中聲」或「終聲」出題。例如：

中聲：ㅑ ㅜ ＞ 야구（棒球），약국（藥房），향수（香水）
終聲：ㄴ ㅇ ＞ 건강（健康），인정（認定），긴장（緊張）

4

附錄

4.1 數字（숫자）
4.2 星期（요일）
4.3 星座（별자리）
4.4 生肖（띠）
4.5 常見中文姓名・姓氏（성）
4.6 150 個常見英文名字・女生名字（여자 영어 이름）
4.7 150 個常見英文名字・男生名字（남자 영어 이름）
4.8 俚語・流行語・新造語（속어·유행어·신조어）

4.1 數字（숫자）

漢字語數字

在韓國，有「漢字語數字」和「固有語數字」兩種系統，在不同情況下會用不同的數字說法。一般「漢字語數字」用於既有的數字或次序，如：日期、金額、數目、號碼、時間（分、秒、分鐘）、食物（幾人份）、年級、名次等等，跟隨的量詞也以漢字語為多。

漢字語數字

＊日期、金額、號碼、數目、時間（分、秒、分鐘）、食物（幾人份）、年級、名次等等＊

	0	1	2	3	4
韓文	**공 / 영**	**일**	**이**	**삼**	**사**
羅馬拼音	gong / yeong	il	i	sam	sa
諧音	窮 / yawn	ill	易	三	沙
	5	6	7	8	9
韓文	**오**	**육**	**칠**	**팔**	**구**
羅馬拼音	o	yuk	chil	pal	gu
諧音	哦	郁	chill	pal	cool
	10	20	30	40	50
韓文	**십**	**이십**	**삼십**	**사십**	**오십**
羅馬拼音	sip	i.sip	sam.sip	sa.sip	o.sip
諧音	涉	二.涉	三.涉	沙.涉	哦.涉
	60	70	80	90	100
韓文	**육십**	**칠십**	**팔십**	**구십**	**백**
羅馬拼音	yuk.ssip	chil.ssip	pal.ssip	gu.sip	baek
諧音	郁.涉	chill.涉	(趴 L).涉	箍.涉	劈
	1000	10000	十萬	百萬	千萬
韓文	**천**	**만**	**십만**	**백만**	**천만**
羅馬拼音	cheon	man	sim.man	baeng.man	cheon.man
諧音	(初-安)	萬	seem.萬	peng.萬	(初-安).萬

漢字語數字・金額

說價錢時，會用「漢字語數字」，而韓元的韓文是「원 [won]」，說價錢時在金額後加上「원」就可以。

이거 얼마예요？ 這個多少錢？
i.geo eol.ma.ye.yo

12,500 원이에요 . 是一萬二千五百元。
ma.ni.cheo.no.bae.gwo.ni.e.yo

三十	四萬	二千	五百	六十	韓元
3	4	2	5	60	元
삼십	**사만**	**이천**	**오백**	**육십**	**원**
sam.sip	sa.man	i.cheon	o.baek	yuk.ssip	won
三.涉	沙.萬	易.(初-安)	哦.bag	郁.涉	won

備註：以上是不作連音及變音的讀法。

注意：如果開首數字是「1」的話，「1(일)」不必讀出來。「一億」則例外要加上「1(일)」*。

正確說法 O	金額	錯誤說法 X
백오십 원	**150 원**	**일백오십 원**
천사백 원	**1,400 원**	**일천사백 원**
만삼천 원	**13,000 원**	**일만삼천 원**
일억 원	**100,000,000 원 ***	**억 원**

備註：本書的發音都以連音或變音後的方式標示，在說數字的時候，為了避免聽的和說的有出入，不作連音也無妨。

漢字語數字・日期

생일이 며칠이에요 ? 你的生日是幾號？
saeng.i.ri myeo.chi.ri.e.yo

생일이 언제예요 ? 你的生日是什麼時候？
saeng.i.ri eon.je.ye.yo

4 월 25 일이에요 . 是4月25日。
sa.wol i.si.bo.i.ri.e.yo

二零一九	年	二	月	十四	日
2019	년	2	월	14	일
이천십구	**년**	**이**	**월**	**십사**	**일**
i.cheon.sip.kku	nyeon	i	wol	sip.ssa	il
易.(初-安).涉.姑	(knee-on)	易	wall	涉. 沙	ill

漢字語數字・電話號碼

휴대폰 번호가 몇 번이에요 ? 你的手機號碼是幾號？
hyu.dae.pon beon.ho.ga myeot ppeo.ni.e.yo

010-1234-5678 이에요 . 是 010-1234-5678。
gong.il.gong.e/ i.ri.sam.sa.e/ o.yuk.chil.pa.ri.e.yo

零	一	零		九	二	四	五		二	三	三	九
0	1	0	-	9	2	4	5	-	2	3	3	9
공	**일**	**공**	**의**	**구**	**이**	**사**	**오**	**의**	**이**	**삼**	**삼**	**구**
gong	il	gong	e	gu	i	sa	o	e	i	sam	sam	gu
窮	ill	共	誒	箍	二	沙	哦	誒	二	三	三	固

備註：韓國的手提電話號碼都是「010」開頭，如果打國際電話去韓國就要去掉第一個「0」，再加上「+82」在前面，即是「+82-10-9245-2339」。這裏的「0」要讀成「공」，不讀作「영」。

固有語數字

固有語數字 ＊數量、人數、時間（時、鐘數）、年齡等等＊						
	1	2	3	4	5	6
韓文 （加量詞時）	하나 （한）	둘 （두）	셋 （세）	넷 （네）	다섯	여섯
羅馬拼音	ha.na (han)	dul (du)	set (se)	net (ne)	da.seot	yeo.seot
諧音	哈.拿 (慳)	tool (lo)	set (些)	net (呢)	他.shot	唷.shot
	7	8	9	10	20	30
韓文 （加量詞時）	일곱	여덟	아홉	열	스물 （스무）	서른
羅馬拼音	il.gop	yeo.deol	a.hop	yol	seu.mul (seu.mu)	seo.reun
諧音	ill.gob	唷.doll	亞.hope	yoll	sue.mool (sue.moo)	梳.論
	40	50	60	70	80	90
韓文 （加量詞時）	마흔	쉰	예순	일흔	여든	아흔
羅馬拼音	ma.heun	swin	ye.sun	il.heun	yeo.deun	a.heun
諧音	罵.hoon	(sue-win)	耶.soon	易.論	唷.嫩	亞.hoon

어서 오세요 . 몇 분이세요 ? 歡迎光臨。請問您幾位？
eo.seo o.se.yo myeot ppu.ni.se.yo

3 명이요 . 三位。
se.myeong.i.yo

「固有語數字」則用於表達數量為主，常與量詞配合，韓文中要先說名詞，後說數量。如：「커피 한 잔（一杯咖啡）」、「맥주 두 병（兩瓶啤酒）」、「책 세 권（三本書）」如果不知道用什麼量詞，可以不加量詞，直接用「固有語數字」表達數量。

「一個蘋果」要說成「蘋果一個」				
不加量詞的說法		加量詞的說法		
蘋果	一個	蘋果	一	個
사과	**하나**	**사과**	**한**	**개**
sa.gwa	ha.na	sa.gwa	han	gae
沙.瓜	哈.拿	沙.瓜	慳	嘅

漢字語數字＋固有語數字・時間

지금 몇 시예요？ 現在是幾點？
ji.geum myeot si.ye.yo

2시 15분이에요. 是2時15分。
du.si si.bo.bu.ni.e.yo

在表達時間時兩種數字都會同時用到，用固有語數字表達時間，分鐘則用漢字語數字。

三	時	三十	分
3	시	30	분
세（固有語數字）	**시**	**삼십**（漢字語數字）	**분**
se	si	sam.sip	ppun*
些	思	三.涉	搬

備註：「3 時 30 分（세 시 삼십 분）」也可以說成「3 時半（세 시 반）」。
*[ppun] 為變音的讀法，「분」的本音是 [bun]。

4.2 星期（요일）

오늘이 무슨 요일이에요？ 今天是星期幾？
o.neu.ri mu.seun nyo.i.ri.e.yo

수요일이에요. 是星期三。
su.yo.i.ri.ye.yo

代表	韓文	字源	意思	羅馬拼音	諧音（粵・英）
日	**일요일**	日曜日	星期日	i.ryo.il	易.(lee-all).ill
月	**월요일**	月曜日	星期一	wo.ryo.il	喎.(lee-all).ill
火	**화요일**	火曜日	星期二	hwa.yo.il	(who-哇).唷.ill
水	**수요일**	水曜日	星期三	su.yo.il	sue. 唷.ill
木	**목요일**	木曜日	星期四	mo.gyo.il	磨.(gi-all).ill
金	**금요일**	金曜日	星期五	geu.myo.il	cool.(me-all).ill
土	**토요일**	土曜日	星期六	to.yo.il	拖.唷.ill

有趣記憶法：日月 〉火水 〉木金土

星期日：日（SUN）月異
星期一：一年的第一天是一「月（월）」開始
星期二：容易（二）擦出「火」花
星期三：約 Sue（수）游「水」
星期四：四「目（木）」交投
星期五：五「金」舖
星期六：陸（六）「土」為安

4.3 星座（별자리）

무슨 별자리에요？你是什麼星座？
mu.seun byeol.ja.ri.ye.yo

별자리가 뭐에요？你的星座是什麼？
byeol.ja.ri.ga mwo.ye.yo

저는 처녀자리예요. 我是處女座的。
jeo.neun cheo.nyeo.ja.ri.ye.yo

	韓文	意思	羅馬拼音	諧音（粵·英）
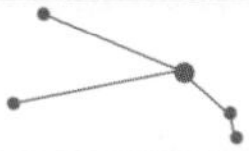	양자리	白羊座	yang.ja.ri	young.炸.lee
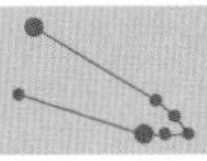	황소자리	金牛座	hwang.so.ja.ri	(who-橫).梳.炸.lee
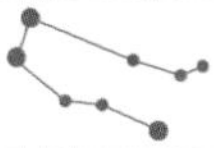	쌍둥이자리	雙子座	ssang.dung.i.ja.ri	生.東.姨.炸.lee
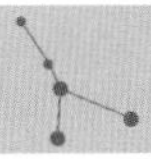	게자리	巨蟹座	ge.ja.ri	騎.炸.lee
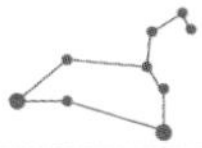	사자자리	獅子座	sa.ja.ja.ri	沙.渣.炸.lee
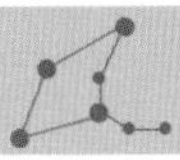	처녀자리	處女座	cheo.nyeo.ja.ri	初.(knee-all).炸.lee
	천칭자리	天秤座	cheon.ching.ja.ri	(初-安).青.炸.lee
	전갈자리	天蠍座	jeon.gal.ja.ri	(初-安).(加 L).炸.lee
	사수자리	射手座	sa.su.ja.ri	沙.sue.炸.lee
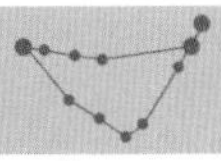	염소자리	魔羯座	yeom.so.ja.ri	yom.梳.炸.lee
	물병자리	水瓶座	mul.ppyeong.ja.ri	mool.(be-yawn).炸.lee
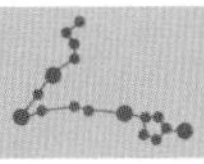	물고기자리	雙魚座	mul.kko.gi.ja.ri	mool.哥.gi.炸.lee

4.4 生肖（띠）

무슨 띠예요？ 你屬什麼（生肖）？
mu.seun tti.ye.yo

저는 양띠예요. 我是屬羊的。
jeo.neun yang.tti.ye.yo

	韓文	12 生肖	羅馬拼音	諧音（粵·英）
	쥐띠	鼠	jwi.tti	(choo-we).啲
	소띠	牛	so.tti	梳.啲
	호랑이띠	虎	ho.rang.i.tti	呵.冷.姨.啲
	토끼띠	兔	to.kki.tti	拖.gi.啲
	용띠	龍	yong.tti	勇.啲
	뱀띠	蛇	baem.tti	pam.啲
	말띠	馬	mal.tti	(罵 L).啲
	양띠	羊	yang.tti	young.啲
	원숭이띠	猴	won.sung.i.tti	won.鬆.姨.啲
	닭띠	雞	dak.tti	tak.啲
	개띠	狗	gae.tti	騎.啲
	돼지띠	豬	dwae.ji.tti	(to-where).知.啲

4.5 常見中文姓名・姓氏（성）

李 이	王 왕	張 장	劉 유	陳 진	楊 양	趙 조	黃 황	周 주	吳 오
徐 서	孫 손	胡 호	朱 주	高 고	林 임	何 하	郭 곽	馬 마	羅 나
梁 양	宋 송	鄭 정	謝 사	韓 한	唐 당	馮 풍	於 여	董 동	蕭 소
程 정	曹 조	袁 원	鄧 등	許 허	傅 부	沈 심	曾 증	彭 팽	呂 여
蘇 소	盧 노	蔣 장	蔡 채	賈 가	丁 정	魏 위	薛 설	葉 엽	閻 염
余 여	潘 반	杜 두	戴 대	夏 하	鍾 종	汪 왕	田 전	任 임	姜 강
范 범	方 방	石 석	姚 요	譚 담	廖 요	鄒 추	熊 웅	金 김	陸 육
郝 학	孔 공	白 백	崔 최	康 강	毛 모	邱 구	秦 진	江 강	史 사
顧 고	侯 후	邵 소	孟 맹	龍 용	萬 만	段 단	漕 조	錢 전	湯 탕
尹 윤	黎 여	易 역	常 상	武 무	喬 교	賀 하	賴 뇌	龔 공	文 문
龐 방	樊 번	蘭 난	殷 은	施 시	陶 도	洪 홍	翟 적	安 안	顏 안
倪 예	嚴 엄	牛 우	溫 온	蘆 노	季 계	俞 유	章 장	魯 노	葛 갈
伍 오	韋 위	申 신	尤 우	畢 필	聶 접	叢 총	焦 초	向 향	柳 유
邢 형	路 노	岳 악	齊 제	沿 연	梅 매	莫 막	庄 장	辛 신	管 관
祝 축	左 좌	塗 도	谷 곡	祁 기	時 시	舒 서	耿 경	牟 모	卜 복
詹 첨	司徒 사도	關 관	苗 묘	凌 능	費 비	紀 기	靳 근	盛 성	童 강
歐 구	甄 견	項 항	曲 곡	成 성	游 유	陽 양	裴 배	席 석	衛 위
查 사	屈 굴	鮑 포	位 위	覃 담	霍 곽	翁 옹	隋 수	植 식	甘 감
景 경	薄 박	單 선	包 포	司 사	柏 백	寧 영	柯 가	阮 원	桂 계
閔 민	歐陽 구양	解 해	強 강	柴 시	華 화	車 차	冉 염	房 방	邊 변

이름이 뭐예요 ? 你的名字是什麼？
i.reu.mi mwo.ye.yo

제 이름은 이영시예요 . 我的名字是李穎詩。
je i.reu.meun i.yeong.si.ye.yo

常見中文姓名 · 女生名字 (여자 이름)

珍 진	綽 작	靜 정	晶 정	貞 정	晴 청	珠 주	翠 취	彩 채	芬 분
菲 비	芳 방	鳳 봉	霞 하	嫻 한	涵 함	曦 희	希 희	喜 희	馨 형
曉 효	可 가	暟 개	萱 훤	香 향	家 가	嘉 가	琴 금	君 군	筠 균
琪 기	潔 결	嬌 교	喬 교	琼 경	娟 연	妮 니	莉 리	麗 려	蘭 란
琳 림	霖 림	玲 령	蓮 련	樂 락	敏 민	雯 문	美 미	媚 미	薇 미
雅 아	娜 나	安 안	柏 백	佩 패	珮 패	萍 평	珊 산	琛 침	心 심
秀 수	詩 시	思 사	倩 천	少 소	素 소	淑 숙	瑞 서	雪 설	丹 단
婷 정	彤 동	桐 동	芝 지	芷 지	梓 재	紫 자	嬅 화	慧 혜	惠 혜
蔚 위	泳 영	穎 영	欣 흔	恩 은	怡 이	儀 의	宜 의	兒 아	伊 이
燕 연	妍 연	瑩 영	盈 영	婉 완	玉 옥	茹 여	妤 여	禹 우	悅 열

常見中文姓名 · 男生名字 (남자 이름)

斌 빈	邦 방	祖 조	澤 택	震 진	振 진	卓 탁	祥 상	朝 조	楚 초
財 재	忠 충	聰 총	志 지	智 지	正 정	俊 준	昌 창	輝 휘	熙 희
峰 봉	恒 항	衡 형	亨 형	鏗 갱	浩 호	皓 호	豪 호	軒 헌	謙 겸
凱 개	海 해	翰 한	康 강	雄 웅	鴻 홍	家 가	嘉 가	啟 계	錦 금
鈞 균	基 기	杰 걸	傑 걸	健 건	強 강	光 광	國 국	良 량	樂 락
諾 락/낙	朗 랑	亮 량	倫 륜	麟 린	龍 룡	隆 륭	文 문	銘 명	明 명
武 무	安 안	柏 백	沛 패	培 배	鵬 붕	丹 단	生 생	成 성	誠 성
星 성	信 신	迅 신	德 덕	鋌 정	霆 정	梓 재	子 자	達 달	東 동
華 화	宏 굉	弘 홍	榮 영	永 영	威 위	仁 인	發 발	逸 일	宥 유
賢 현	然 연	彥 언	英 영	奕 혁	業 업	耀 요	宇 우	勇 용	旭 욱

4.6 150 個常見英文名字・女生名字（여자 영어 이름）

英文名	韓文
Agnes	아그네스
Alice	앨리스
Amanda	어맨다 / 아만다
Amber	앰버
Amy	에이미
Angel	엔젤 / 에인절
Angela	앤절라 / 안젤라
Anita	애니타 / 아니타
Ann	앤
Anna	애나 / 안나 / 아나
Annie	애니
Ashley	애슐리
Aster	애스터 / 아스터
Ava	에이바 / 아바
Belle	벨
Betty	베티
Bonnie	보니
Candy	캔디
Carmen	카르멘 / 카먼
Carol	캐롤 / 캐럴
Caroline	캐롤린 / 캐롤라인 / 캐럴라인
Carrie	캐리
Catherine	캐서린
Cathy	캐시
Cecilia	세실리아

英文名	韓文
Celia	셀리아 / 실리아
Celina	셀리나
Charlene	샬린
Charlotte	샬롯
Cherry	체리
Chloe	클로이 / 클로에
Christina	크리스티나
Christine	크리스틴
Christy	크리스티
Cindy	신디
Connie	코니
Crystal	크리스털
Cynthia	신시아
Daisy	데이지
Doris	도리시
Dorothy	도로시
Edith	이디스 / 에디스
Elizabeth	엘리자베스
Ella	엘라
Elva	엘바
Emily	에밀리
Emma	에마 / 엠마
Erica	에리카
Esther	에스터
Fannie	패니

英文名	韓文
Fiona	피오나
Flora	플로라
Gloria	글로리아
Glory	글로리
Grace	그레이스
Hailey	헤일리
Hannah	해나 / 한나
Hazel	헤이즐
Heidi	하이디
Helen	헬렌
Hilary	힐러리
Hilda	힐다
Ida	다다
Irene	아이린
Iris	아이리스
Isabella	이사벨라
Ivy	아이비
Jade	제이드
Janet	재닛 / 자넷
Janice	재니스
Jasmine	재스민
Jennifer	제니퍼
Jenny	제니
Jessica	제시카
Joanna	조애나

英文名	韓文
Joanne	조앤
Joey	조이
Josephine	조세핀 / 조지핀
Joyce	조이스
Julia	줄리아
Kate	케이트
Katherine	캐서린
Kathy	캐시
Katie	케이티
Kelly	켈리
Kimberley	킴벌리
Kitty	키티
Kylie	카일리
Lilian	릴리안
Lily	릴리
Linda	린다
Lisa	리사
Lucy	루시
Lydia	리디아
Mag	매그 / 맥
Maggie	매기
Mandy	맨디
Margaret	마거릿 / 마가렛
Maria	마리아
Martina	마르티나

英文名	韓文
Mary	메리
May	메이
Michelle	미셸
Nancy	낸시
Natalie	내털리
Nicky	니키
Nicola	니콜라
Nicole	니콜
Olivia	올리비아
Peggy	페기
Penny	페니
Phoebe	피비
Queenie	퀴니
Rachel	레이철 / 레이첼
Ruby	루비
Sally	샐리
Samantha	서맨사 / 사만다
Sandy	샌디
Sarah	세라 / 사라
Scarlett	스칼렛 / 스칼릿
Selina	셀리나
Serena	세레나
Sherry	셰리
Sonia	소니아
Sophia	소피아

英文名	韓文
Sophie	소피
Stella	스텔라
Stephanie	스테파니
Sue	수
Sugar	슈가
Suki	슈키
Sunny	써니
Susan	수전 / 수잔
Sylvia	실비아
Tammy	태미
Tiffany	티파니
Tracy	트레이시
Trudy	트루디
Vanessa	바네사
Veronica	베로니카
Vicky	비키
Victoria	빅토리아
Violet	바이올렛
Vivi	비비
Vivian	비비안 / 비비언
Wendy	웬디
Winnie	위니
Yuki	유키
Yvonne	이본
Zoe	조이

4.7 150 個常見英文名字‧男生名字（남자 영어 이름）

英文名	韓文
Aiden	에이든
Alan	앨런 / 알란
Alex	알렉스
Alvin	앨빈
Andy	앤디
Andrew	앤드루
Anthony	안토니
Aaron	에런 / 아론
Austin	어스틴
Beckham	베컴
Ben	벤
Benny	베니
Benjamin	벤자민
Bill	빌
Billy	빌리
Bob	밥
Bobby	보비 / 바비
Bryan	브라이언
Bryant	브라이언트
Calvin	캘빈
Carson	카슨
Casper	캐스퍼
Charles	찰스
Chris	크리스
Christopher	크리스토퍼

英文名	韓文
Dan	댄
Daniel	대니얼 / 다니엘
Danny	대니 / 다니
Dave	데이브
David	데이비드
Deacon	디콘
Dennis	데니스
Derek	데릭
Derrick	데릭
Desmond	데즈먼드 / 데스몬드
Dick	딕
Dickson	딕슨
Don	돈
Donald	도널드
Duncan	덩컨
Dylan	딜런
Edmund	에드먼드
Edward	에드워드
Edwin	에드윈
Eric	에릭
Felix	펠릭스 / 필릭스
Frank	프랑크 / 프랭크
Gabriel	가브리엘
Gary	개리
George	조지

英文名	韓文
Gilbert	길버트
Hamlet	햄릿
Harry	해리
Hayden	헤이든
Henry	헨리
Hilton	힐턴 / 힐튼
Hubert	휴버트
Ian	이언
Isaac	이삭
Jack	잭
Jackie / Jacky	재키
Jackson	잭슨
Jacob	제이컵 / 제이콥
Jake	제이크
Jamie	제이미
James	제임스
Jason	제이슨
Jasper	재스퍼
Jay	제이
Jayden	제이든
Jeffrey	제프리
Jerry	제리
Jim	짐
Jimmy	지미
Joe	조

英文名	韓文
John	존
Johnson	존슨
Jonathan	조너선 / 조나단
Jones	존스
Jonny	조니
Jordan	조던 / 조단
Joseph	조셉
Joshua	조슈아
Julian	줄리언 / 줄리안 / 줄리앙
Justin	저스틴
Kelvin	켈빈
Ken	켄
Kenneth	케니스
Kenny	케니
Kevin	케빈
Lawrence	로렌스
Leo	레오
Leon	레온
Leslie	레슬리
Lewis	루이스
Louis	루이 / 루이스
Luke	루크
Lucas	루카스
Mark	마크
Martin	마틴

英文名	韓文
Mason	메이슨
Matt	맷
Matthew	매튜
Michael	마이클
Mike	마이크
Morgan	몰간
Nicholas	니콜라스
Nick	닉
Oliver	재스버
Oscar	오스카
Patrick	패트릭
Paul	폴
Peter	피터
Phil	필
Philip	필립
Ray	레이
Raymond	레이먼드
Richard	리처드
Ricky	리키
Robert	로버트
Rocky	로키
Roger	로저
Roy	로이
Ryan	라이언
Sam	샘

英文名	韓文
Sammy	새미
Samson	샘슨
Samuel	사무엘
Sean	숀
Simon	사이먼
Smith	스미스
Stephen / Steven	스티븐
Steve	스티브
Teddy	테디
Thomas	토마스
Tim	팀
Timothy	티머시
Toby	토비
Tom	톰
Tommy	토미
Tony	토니
Victor	빅토르 / 빅터
Wallace	월라스
Walter	왈터
Warren	워런
Wesley	웨슬리
William	윌리언
Wilson	윌슨
Vincent	빈센트
Xavier	자비에 / 사비에르

4.8 俚語・流行語・新造語（속어·유행어·신조어）

聊天訊息用語・字母縮寫

（為了可以快速打字而只用音節的初聲來表達或者用數字代替）

韓文	字源	意思
79	칠구（친구）	朋友（發音跟「친구」相似）
1004	천사	天使（「千四」發音跟「天使」一樣）
8282	팔이팔이（빨리 빨리）	快點快點（發音跟「빨리빨리」相似）
ㄱㄱ	고고 (go go)	去、出發、開始
ㄱㅅ / ㄳ	감사합니다	感謝
ㄴㄴ	노노 (no no)	不是
ㅁㅊ	미친	瘋的，神經病
ㅂㅂ / ㅂㅇㅂㅇ / ㅂ2ㅂ2	바이바이 (bye bye)	拜拜
밥 5	밥오（바보）	보보
ㅅㄱ	수고	辛苦了
ㅇㄱㄹㅇ / 0720	이거레알 (real)	這是真的
ㅇㄷ	어디	在哪裏
ㅇㅇ	응응	嗯（應答時用）
ㅇㅋ	오케이 (ok)	OK
ㅈㅅ	죄송	對不起、抱歉
ㅉㅉ	짝짝	拍手的聲音
ㅊㅋ	추카（축하）	祝賀
ㅋㅋㅋ / ㅎㅎㅎ	ㅋㅋㅋ / ㅎㅎㅎ	哈哈哈（笑的聲音）
ㅎㄷㄷ	후덜덜	害怕或受到驚嚇的樣子（發抖的樣子）
ㅎㅇ / ㅎ2	하이 (hi)	Hi（打招呼用）
ㅜㅜ / ㅠㅠ	ㅜㅜ / ㅠㅠ	嗚嗚（哭的聲音）

網絡用語

韓文	字源	意思
인스타	인스타그램	Instagram
페북	페이스북	Facebook
트위터	Twitter	Twitter
SNS	Social Network Service	社交平台
블로그	Blog	博客 / 部落格
카톡 / 톡	카카오톡	聊天程式 Kakao Talk
단톡방	단체 (團體) 톡 (talk) 방 (房)	群組聊天房
보톡	보이스 (voice) 톡 (talk)	Voice Talk（語音通話）
페톡	페이스 (face) 톡 (talk)	Face Talk（視像通話）
유투버	Youtuber	Youtuber
네티즌	네티즌 (netizen: network+citizen)	網民
님 / 님아	님	先生或小姐的敬稱 (聊天時向對方的稱呼)
비번	비밀 (秘密) 번호 (號碼)	密碼
선팔	선 (先) + 팔로우 (follow)	先關注 / 追蹤你
소통	소통 (疏通)	互相關注 / 交流
팔로우	Follow	關注 / 追蹤
팔로워	Follower	粉絲 / 關注者 / 追蹤者
댓글	댓글	回覆、留言、回帖
악플	악 (惡) 플 (reply)	惡意回覆、惡意留言、惡意回帖
도배	도배	灌水（濫發帖子或留言的行為）
움짤	움직이는 짤 (사진)	動態圖片（GIF）
이모티콘	Emotion	表情符號
인친	인스타그램 (Instagram) + 친구 (朋友)	Instagram 朋友

韓文	字源	意思
좋아요	좋아요	讚好 / Like
공감	공감 (共感)	共鳴、同感
공유	공유 (共有 / 公有)	分享 / Share
광클	광 (狂) 클릭 (click)	瘋狂地點擊
즐찾	즐겨찾기	收藏夾 / Bookmarks
차단	차단	封鎖 / Block / 列入黑名單
친추	친구 (朋友) 추가 (追加)	加為朋友 / 朋友邀請
콜	Call	好、就這樣、一言為定
프사	프로필 (profile) 사진 (寫真 / 照片)	頭像

感嘆用語

韓文	意思
네 ?	是？
대박	大發（表達驚喜或讚美，很棒，很厲害）
리얼 ? / 레알 ? / 렬루 ?	真的？ Really?
이거 실화냐 ?	真的假的？（這是實話嗎？）
아 !	啊！呀！哎！
아싸 !	好 yeah! Yes! Yeah! Hooray!（表示高興的歡呼）
아이고 !	哎呀！哎喲！ Oops!
아이씨	哎！真可惡！（對某事某人表示不滿是用，含罵人的意思）
어 ?	嗯？
어머 / 어머나	媽呀！我的天啊！ Oh my god!（表示意想不到的驚訝）
우와	哇！ WOW（表示驚嘆）

韓文	意思
진짜 ? / 정말 ?	真的？ Really?
짱 !	真棒！ Cool! Awesome!
참 !	哎呀！對了（突然想起之前想說而忘記了的事情時用）
ㅎㄹ / 헐 / 헉	我的天啊！暈！ Oh my god!（無奈、無語或驚訝時用）

縮略語（網絡用語或文字訊息）

韓文	字源	意思
걍	그냥	就這樣
겜	게임	Game 遊戲
글구	그리고	還有、然後、而且
글쿤	그렇구나	原來如此
낼	내일	明天
넘	너무	非常、很
담	다음	下一個
드뎌	드디어	終於
몰겠어	모르겠어	不知道
샘 / 쌤	선생님	老師
설	서울	首爾
셤	시험	考試
알써	알았어	知道了
어케	어떻게	怎麼樣
울	우리	我們

韓文	字源	意思
일욜	일요일	星期日(星期一至六也能套用)
재밌어	재미있어	有趣
젤	제일	最
짐	지금	現在
짱나	짜증나	厭煩、鬧心、不耐煩
첨	처음	初次

食物篇

韓文	字源	意思
맛점	맛있는 점심 (點心 / 午餐)	美味的午餐
맛집	음식의 맛이 뛰어나기로 유명한 음식집	好吃馳名的餐廳
맥날	맥도날드	McDonald（麥當勞）
먹방	먹는 방송 (放送)	吃的直播
소맥	소주 (燒酒) + 맥주 (麥酒 / 啤酒)	燒酒加啤酒調成的酒
소콜	소주 (燒酒) + 콜라 (Cola)	燒酒加可樂調成的酒
스벅	스타벅스	Starbucks（星巴克）
아아	아이스 아메리카노	Ice Americano（冰美式咖啡）
아점	아침 (早餐) + 점심 (點心 / 午餐)	早午餐（Brunch)
존맛탱	존나 맛있다 + 表示強調的「탱」	超好吃
찍먹 부먹 ?	찍어 먹는 것 , 부어 먹는 것	醬汁是沾著吃，還是倒在上面吃？
치맥	치킨 (chicken) + 맥주 (麥酒 / 啤酒)	炸雞配啤酒的吃法
피맥	피자 (pizza) + 맥주 (麥酒 / 啤酒)	披薩配啤酒的吃法

人物篇

韓文	字源	意思
ㅇㅇ is 뭔들	뭘 해도 멋진 / 예쁜 ㅇㅇ	不管做什麼都很帥 / 很美，ㅇㅇ可以代入人名
가싶남	가지고 싶은 남자	想要擁有的男人
갈비	갈수록 비호감 (非好感)	愈來愈沒好感
걸조	걸어 다니는 조각상 (彫刻像)	行走的雕塑：形容外貌俊俏的男人
광팬	광 (狂) 팬 (fan)	瘋狂的粉絲
귀요미	귀여운 사람	小可愛、可人兒
금사빠	금방 사랑에 빠지는 사람	馬上墮入愛河的人
까도남 / 까도녀	까칠한 도시 (都市) 남자 (男) 까칠한 도시 (都市) 여자 (女)	尖酸刻薄又挑剔的都市男 尖酸刻薄又挑剔的都市女
나일리지	나이 (年齡) + 마일리지 (miles)	倚老賣老的人
남사친 / 여사친	남자 사람 친구 여자 사람 친구	純男性朋友（不是男朋友） 純女性朋友（不是女朋友）
남친 / 여친	남자 친구 / 여자 친구	男朋友 / 女朋友
뇌섹남	뇌가 섹시한 남자	頭腦很性感 (聰明) 的男生
덕후	日文的「御宅」的發音「OTAKU (오덕후) 」	粉絲 / 御宅（狂熱愛好者）
된장남 / 된장녀	비싼 명품을 즐기는 남자 / 비싼 명품을 즐기는 여자	大醬男：喜歡追求名牌的男人 大醬女：喜歡追求名牌的女人
모솔	모태 (母胎) 솔로 (solo)	母胎單身：自出生以來都沒有交男朋友或女朋友的人
몸짱	몸매 (身材) + 짱 (棒)	身材很好的人（男的肌力發達，女的苗條曲線美）
문찐	문화찐다	指對大眾文化不太了解或跟不上潮流的人

韓文	字源	意思
베프	베스트 (best) 프렌드 (friend)	最好的朋友
볼매	볼수록 매력 있는 사람	愈看愈有魅力的人
비담	비주얼 (visual) 담당 (擔當)	門面擔當
세젤귀	세상에서 제일 (젤) 귀여운	世上最可愛的
세젤멋	세상에서 제일 (젤) 멋짐	世上最帥的
세젤예	세상에서 제일 (젤) 예쁜	世上最漂亮的
썸남 / 썸녀	썸 (something) 타는 남자 / 여자	和自己處於曖昧關係的男人 / 女人
아싸	아웃사이더 (outsider)	局外人（不合群，在人群中獨來獨往的人）
안여돼	안경 (眼鏡) + 여드름 (青春痘) + 돼지 (豬)	形容不管理儀容，邋遢的人
얼굴천재	얼굴 (臉 / 容貌) + 천재 (天才)	長得漂亮或俊俏的人
얼빠	얼굴 (臉 / 容貌) 빠순이 (迷妹)	顏飯（只看外貌的粉絲）
얼짱	얼굴 (臉 / 容貌) + 짱 (好)	長得漂亮或俊俏的人
엄친아 / 엄친딸	엄마 (媽媽) 친구 (朋友) 아들 (兒子) 엄마 (媽媽) 친구 (朋友) 딸 (女兒)	媽媽朋友的兒子 / 女兒 （形容什麼都做得很好的人）
완소남	완전 (完全) 소중한 (珍貴的) 남자 (男)	完全可珍惜的男子
왕따	왕 (王) + 따돌림 (排斥)	孤立或排斥別人的事； 或指被孤立、被排斥的人
우유남 / 우뉴녀	우월한 유전자를 가진 남자 우월한 유전자를 가진 여자	有著優越基因的男子 有著優越基因的女子
육식남	남성다움을 강하게 드러내는 남성	肉食男：很有男子氣概的男人
이태백	이십대 (20 代) 태반이 (大半) 백수 (白手)	20 多歲的人大多是無業遊民

韓文	字源	意思
인싸	인사이더 (insider)	局內人：能融入人群的人，或是人緣廣容易親近的人，也可以指人氣很高的人
존예	존나 예쁜	真漂亮
존잘	존나 잘생김	長得真俊俏
차도남 / 차도녀	차가운 (冷漠的) 도시 (都市) 남자 (男) 차가운 (冷漠的) 도시 (都市) 여자 (女)	冷漠的都市男 冷漠的都市女
초딩 (初丁)	초등학생 (小學生)	小學雞（行為幼稚和沒有想法的人）
취준생	취업 (就業) 준비 (準備) 생 (生)	待業準備生
품절남 / 품절녀	결혼한 남자 / 여자	售罄男 / 女：已婚男人 / 女人
핑프	핑거 (finger) 프린스 (prince) / 핑거 (finger) 프린세스 (princess)	「手指王子」或「手指公主」，自己從來不搜索，只知道向別人索取情報或請求幫助的人。
훈남 / 훈녀	훈훈한 남자 / 훈훈한 여자	暖男 / 暖女
흔녀	주변에서 흔히 볼 수 있는 평범한 여자	身邊常見的平凡女人

情感篇

韓文	字源	意思
극혐	극도로 혐오스럽다	極度厭惡
근자감	근거 (根據) 없는 자신감 (自信感)	毫無根據的自信感
깜놀	깜짝 놀랐다	嚇一跳
꿀잼	꿀 (非常好) + 잼 (재미)(趣味)	非常有趣、有意思
노답	노 (no) 답안 (答案)	沒有答案（形容人和事件讓人鬱悶或抓狂，感到無解）

韓文	字源	意思
노잼	노 (no) + 잼 (재미)(趣味)	沒趣
멘붕	멘탈 (mental) 붕괴 (崩壞)	精神崩潰
솔까말	솔직히 까놓고 말해서	說實話
심쿵	심장이 쿵쾅쿵광 거리는 것	心動、心跳加速、小鹿亂撞
안습	안구에 습기가 차다 (眼球里有濕氣)	眼濕濕：讓人想哭的意思
열폭	열등감 (自卑感) 폭발 (爆發)	十分自卑
웃프다	웃기면서 슬프다	雖然是搞笑的卻帶點傷心
쩐다	아주 대단하다	很了不起、太棒
핵꿀잼	핵 (核) + 꿀 (非常好) + 잼 (재미)(趣味)	超級有趣、有意思
핵노잼	핵 (核) + 노 (no) + 잼 (재미)(趣味)	極度沒趣
행쇼	행복하십쇼	請幸福

其他

韓文	字源	意思
TMI	Too Much Information	不需要的說明，還硬要詳細地、大量地說不想知道的資訊
가즈아	가자（拖長來唸）	去吧！
갑분싸	갑자기 분위기 싸해짐	突然冷場（因為一句話或一個行為讓和諧的氣氛瞬間變得尷尬）
강추	강력 (強力) 추천 (推薦)	強力推薦
개이득	개 (非常) + 이득 (利得)	獲得極大的利益（賺到了）
갠소	개인 (個人) 소장 (收藏)	個人收藏
길막	길을 막음	塞車

韓文	字源	意思
꿀팁	꿀 (非常好) + 팁 (tip)	好秘訣
낄끼빠빠	낄 때 끼고 빠질 때 빠져라	該參與的時候參與，不該參與的時候就不要參與，要懂得看人眼色
넘사벽	넘을 수 없는 사차원 (四次元) 의 벽 (牆壁)	不能超越的四次元的牆壁：與對方相比，兩者差異實在太大，無法超越對方
돌직구	돌 (石) + 직구 (直球)	直言快語，說話不委婉，不含蓄，不加修飾地直接說出來
득템	득 (得) + 아이템 (item)	得到不錯的東西
문상	문화상품권	文化商品券
방콕	방에 콕 박혀 있다	宅在家裏不出門
별다줄	별걸 다 줄인다	什麼都要縮寫
복세편살	복잡한 세상 편하게 살자	在複雜的世上舒服地生活吧
사바사	사람 (人) 바이 (by) 사람 (人)	人人不同，因人而異
생선	생일 (生日) 선물 (禮物)	生日禮物
생축	생일 (生日) 축하 (祝賀)	祝賀生日
생파	생일 (生日) 파티 (party)	生日派對
셀카	셀프 (self) + 카메라 (camera)	自拍
소확행	소소하지만 확실한 행복	小確幸
안물안궁	안 물어봤고 안 궁금해	沒問也不好奇
알바	아르바이트	兼職、打工
열공중	열심히 공부하는 중	努力學習中
워라밸	워크 , 라이프 , 밸런스 (Work and life Balance)	平衡工作與生活
불금	불타는 금요일 (金曜日 / 星期五)	Happy Friday

韓文	字源	意思
놀토	노는 토요일 (土曜日 / 星期六)	玩樂星期六
월요병	월요일 (月曜日) 병 (病)	星期一症候群：指星期一起床後不想去上學或工作的疲乏感
이생망	이번 생은 망했다	這輩子完蛋了
잇템	잇 (it) 아이템 (item)	必備品
전번	전화번호 (電話號碼)	電話號碼
정모	정기 (定期) 모임 (聚會)	定期聚會
취존	취향 (取向) 존중 (尊重)	尊重他人的取向、愛好
케미	케미스트리 (chemistry)	化學反應：指二人的默契
케바케	케이스 (case) 바이 (by) 케이스 (case)	根據情況而不同
팩폭	팩트 (fact) 폭력 (暴力)	事實暴力：用於以事實為基礎，讓對方無法反駁
팬아저	팬이 아니여도 저장하는 짤	就算不是粉絲也會收藏
할많하않	할 말은 많지만 하지 않는다	雖然有很多話要說，但不會說的
1 코노미	1(1 人) + 이코노미 (economy)	只享受一人消費生活的人
나홀로족	나 (我) 홀로 (獨自) 족 (族)	喜歡並享受獨自生活，獨自進行各種活動的人
혼코노	혼자서 코인 (coin) 노래방 (練歌房)	自己一個人去投幣式 KTV
혼영	혼자서 영화를 보기	一個人獨自看電影
혼행	혼자서 여행하기	一個人獨自去旅行
혼밥	혼자서 밥을 먹기	一個人獨自吃飯
혼술	혼자서 술을 마시기	一個人獨自喝酒

韓文詞彙FUN類學習好輕鬆

作者
慳姑 ViVi

編輯
Cat Lau

美術設計
Carol

排版
Rosemary

插畫
Roger Poon

韓語錄音
Pabiano LEE

特別鳴謝・韓語校對
陳漢圭（진한규）　Pabiano LEE　申知均（신지윤）

出版者
知出版社
香港鰂魚涌英皇道1065號東達中心1305室
電話：2564 7511
傳真：2565 5539
電郵：info@wanlibk.com
網址：http://www.wanlibk.com
http://www.facebook.com/wanlibk

萬里機構　萬里 Facebook

發行者
香港聯合書刊物流有限公司
香港新界大埔汀麗路 36 號
中華商務印刷大廈 3 字樓
電話：2150 2100
傳真：2407 3062
電郵：info@suplogistics.com.hk

承印者
中華商務彩色印刷有限公司
香港新界大埔汀麗路 36 號

出版日期
二零一九年三月第一次印刷

ISBN 978-962-14-6864-2